AF282864

DAFNIS Y CLOE

CALAMBUR

2025

DAFNIS Y CLOE

(SIGLO II)

LONGO DE LESBOS

TRADUCCIÓN
JUAN VALERA

Título original: Δάφνις καὶ Χλόη | Daphne and Chloe

Primera edición en Calambur: septiembre de 2025

© *de la presente edición:* CALAMBUR EDITORIAL S.L.
c/ POBLA DE LILLET, 4. LOCAL 1. 08028 BARCELONA
TEL.: (+34) 931 708 326

calambur@calambureditorial.com • www.calambureditorial.com
facebook.com/CalamburEditorial • @EdCalambur

Director literario: LLUIS CLARET

Diseño y maquetación: MONTSE GARFIAS

© *Traducción:* JUAN VALERA

Arte final: SOFÍA CABRERA

Imagen de cubierta: Daphnis and Chloe (1893).
Camille Félix Bellanger

ISBN: 978-84-8359-145-1

Depósito legal: B-14180-2025

Dafnis y Cloe se acabó de imprimir
en septiembre de 2025.

Impreso en España

ÍNDICE

PROEMIO

Cazando en Lesbos, en un bosque consagrado a las Ninfas, vi lo más lindo que vi jamás: imágenes pintadas, historia de amores. El soto, por cierto, era hermoso, florido, bien regado y con mucha arboleda. Una sola fuente alimentaba árboles y flores; pero la pintura era más deleitable que lo demás: de hábil mano y de asunto amoroso. Así es que no pocos forasteros acudían allí, atraídos por la fama, a dar culto a las Ninfas y a ver la pintura. Parecían en ella mujeres de parto, otras que envolvían en pañales a los abandonados pequeñuelos, cabras y ovejas que les daban de mamar, pastores que de ellos cuidaban, mancebos y rapazas que andaban enamorándose, correría de ladrones y algarada de enemigos.

Otras mil cosas, y todas de amor, contemplé allí con tanto pasmo, que me entró deseo de ponerlas por escrito; y habiendo buscado a alguien que me explicase bien la pintura, compuse estos cuatro libros, que consagro al Amor, a las Ninfas y a Pan, esperando que mi trabajo ha de ser grato a todos los hombres, porque sanará al enfermo, mitigará las penas del triste, recordará de amor al que ya amó y enseñará el amor al que no ha amado nunca; pues nadie se libertó hasta ahora de amar, ni ha de libertarse en lo futuro, mientras hubiere beldad y ojos que la miren. Concédanos el Numen para que nosotros mismos atinemos a otros.

LIBRO PRIMERO

Ciudad de Lesbos es Mitilene, grande y hermosa. La parten canales, por donde entra y corre la mar, y la adornan puentes de lustrosa y blanca piedra. No semeja, a la vista, ciudad, sino grupo de islas. A unos doscientos estadios de Mitilene, cierto rico hombre poseía magnífica hacienda, montes abundantes de caza, fértiles sembrados, dehesas y colinas cubiertas de viñedo: todo junto a la mar, cuyas ondas besaban la arena menuda de la playa.

En esta hacienda, un cabrero llamado Lamón, que apacentaba su ganado, halló a un niño, a quien criaba una cabra. En el centro de un matorral, entre zarzas y hiedra trepadora, y sobre blanco césped, reposaba el infantico. Allí solía entrar la cabra, de suerte que desaparecía a menudo, y abandonando su cabritillo, asistía a la criatura.

Lamón notó estas desapariciones, y se compadeció del cabritillo abandonado; pero un día, en el ardor de la siesta, siguiendo la pista de la cabra, la vio deslizarse con cautela entre las matas, a fin de no lastimar con las pezuñas al niño, el cual, como si fuera del pecho materno, iba tomando la leche. Maravillado Lamón, que harto motivo había para ello, se acercó más, y vio que la criatura era varón, bonito y robusto, y con prendas más ricas de lo que prometía su corta ventura, porque estaba envuelto en mantilla de púrpura con hebilla de oro, y al lado, un puñalito, cuyo puño era de marfil.

Lo primero que discurrió Lamón fue cargar con aquellas alhajas y abandonar al niño; pero, avergonzado luego de no remedar siquiera la compasión de la cabra, no bien llegó la noche, lo llevó todo, niño, cabra y alhajas, a su mujer, Mirtale, a la cual, para que se le quitase la aprensión de que las cabras parieran niños, le contó lo ocurrido; cómo halló a la criatura, cómo la cabra la amamantaba y cómo él había tenido vergüenza de dejarla morir.

Y siendo Mirtale del mismo parecer, ocultaron las alhajas, prohijaron al niño y encomendaron a la cabra su crianza. A fin de que el nombre del niño pareciese pastoral, decidieron llamarle Dafnis.

Dos años después, otro pastor de los vecinos campos, cuyo nombre era Dryas, halló y vio algo semejante cuando apacentaba su rebaño. Había una gruta consagrada a las Ninfas, gran roca, hueca por dentro y en lo exterior redonda. En esta gruta se veían figuras de ninfas, hechas de piedra, los pies descalzos, los brazos desnudos hasta los hombros, los cabellos esparcidos sobre la espalda y la garganta, el traje ceñido a la cintura y una dulce sonrisa en entrecejo y boca; todo el aspecto de ellas, como si hubiesen bailado en coro. En el fondo de la gruta se levantaba un poco el terreno, y de allí manaba una fuente, cuyas aguas se deslizaban formando manso arroyo, y alimentando en torno un prado amenísimo, de copiosa y blanda grama cubierto. Allí se veían suspendidos tarros, colodras, flautas, pífanos y churumbelas, ofrendas de antiguos pastores.

A este templo de las Ninfas acudía una oveja que había ya criado corderos, y el pastor Dryas sospechaba a veces que se le había perdido. Queriendo, pues, corregirla y traerla de nuevo a su antiguo y tranquilo modo de pacer, tejió con sutiles varitas de mimbre verde uno a modo de lazo y entró en la gruta a fin de coger la oveja; pero no bien llegó cerca, vio lo que no esperaba: vio a la oveja que, con ternura verdaderamente humana, daba su ubre para que de ella sacase abundante leche a una criaturita, la cual, con avidez, pero sin llanto, aplicaba la boca pura y limpia ya a una teta, ya a otra, y cuando se había hartado de mamar, la oveja le lamía la cara. Esta criatura era una niña, y tenía pañales y otras prendas para poder ser reconocida: toquillas y chinelas bordadas de hilo de oro y ajorcas de oro también.

Considerando divino tal hallazgo, y enseñado por la oveja a compadecer y amar a la niña, Dryas la tomó en sus brazos, guardó aquellas prendas en el zurrón y rogó a las Ninfas que le dejasen criar con buena suerte a la que se había puesto bajo su amparo.

Y como ya era tiempo de llevar la manada al aprisco, volvió a su cabaña, contó a su mujer lo ocurrido, le mostró a la niña y la exhortó a tomarla por hija, ocultando cómo había sido hallada. Napé, que así se llamaba la pastora, amó desde luego a la niña como madre, recelosa de que la oveja no la venciese en ternura y, en prueba de que la niña era su hija, le puso el nombre pastoral de Cloe.

Pronto crecieron los niños. Su hermosura distaba mucho de parecer rústica. Cuando él cumplió quince años y ella dos menos, Dryas y Lamón tuvieron idéntico sueño en una misma noche. Pensaron ver que las Ninfas, las de la gruta donde estaba la fuente y donde Dryas había encontrado a la niña, ponían a Dafnis y a Cloe en poder de un mozuelo gentil a par que arrogante, con alas en los hombros y armado de arco y flechas pequeñitas, el cual, hiriendo a ambos con la misma flecha, les mandó que fuesen pastores: a ella, de ovejas; a él, de cabras.

No poco afligió a los viejos este sueño, que destinaba a sus hijos al oficio de guardar ganado, porque hasta entonces habían augurado mejor suerte para ellos, fiándose en las prendas halladas, por lo cual los habían criado con el mayor regalo y les habían hecho aprender las letras y cuanto en el campo hay de bueno. Resolvieron, no obstante, obedecer a los dioses, cuya providencia había salvado a los niños. Y después de comunicarse mutuamente el sueño, y de haber hecho un sacrificio, en la gruta de las Ninfas, al mozuelo de las alas (cuyo nombre no acertaban a adivinar), enviaron a los mozos a cuidar del hato, enseñándoles el oficio pastoril: de qué modo ha de apacentarse antes del mediodía, de qué modo después de pasada la siesta; cuándo conviene llevar al abrevadero, cuándo al aprisco; en qué ocasión debe emplearse el cayado y en qué ocasión basta la voz. Ellos se alegraron de esto en gran manera, como si los hubieran hecho príncipes, y amaron a sus cabras y corderos más que suele el vulgo de los pastores, porque ella recordaba que debía la vida a una oveja, y él no había olvidado que una cabra le cuidó y alimentó en su abandono.

Empezaba entonces la primavera y se abrían las flores en montes, selvas y prados. Se oía ya por todas partes susurro de abejas y gorjeo de pajarillos. Los recentales balaban, los corderos retozaban en la montaña, las abejas susurraban en el prado, y en umbrías y sotos cantaban las aves. Como en aquella bendita estación todo se regocijaba, Dafnis y Cloe, tan jóvenes y sencillos, se pusieron a remedar lo que veían y oían. Oían cantar a los pájaros, y cantaban; veían brincar a los corderos, y brincaban gallardamente, y, remedando a las abejas, cogían flores, y ya se las ponían en el pecho, ya, tejiendo guirnaldas, se las ofrecían a las ninfas.

Todo lo hacían juntos y apacentaban cerca el uno del otro. A menudo Dafnis hacía volver a la oveja que se extraviaba, y a menudo Cloe espantaba a las cabras más atrevidas para que no trepasen a los riscos. A veces uno solo cuidaba de ambos hatos, mientras que el otro se recreaba y jugaba. Sus juegos eran infantiles y propios de zagales. Ahora ella, con juncos que cogía, formaba jaulas para cigarras y, distraída en esta faena, descuidaba el ganado.

Ahora él cortaba delgadas cañas, les agujereaba los nudos, las pegaba con cera blanda y se esmeraba hasta la noche en tocar la zampoña. A menudo compartían ambos la leche y el vino, y se comían juntos la merienda que traían de casa. En suma, más bien se hubieran visto las cabras y las ovejas dispersas que a Dafnis y Cloe separados.

En medio de tales juegos, Amor empezó a darles penas. Una loba, que recientemente había tenido cría, robaba muchas veces corderos de los campos próximos para alimentar sus cachorros. Algunos aldeanos se reunieron con este motivo, e hicieron de noche zanjas de más de una vara de ancho y de cuatro o cinco de hondo. Mucha porción de la tierra removida la esparcieron a lo lejos, y sobre el hoyo extendieron palos secos y quebradizos, cubriéndolos con el resto de la tierra para que el suelo apareciese como antes, de modo que hasta una liebre que corriese por encima rompiese los palos, más débiles que paja, y probase que no era suelo, sino apariencia de suelo. Así abrieron varias zanjas en los cerros y en el llano; pero nunca pudieron coger la loba, que presintió la trampa. En cambio, perdieron no pocos corderos y cabras, y Dafnis estuvo a punto de perderse.

Dos machos cabríos, irritados por la brama, lucharon con tal furor y violencia que a uno de ellos se le rompió un cuerno y, lleno de dolor, comenzó a huir dando bramidos, mientras que el vencedor le perseguía sin tregua ni sosiego. Se dolió Dafnis del cuerno quebrado, y lleno de ira contra la terquedad del macho victorioso, empuñó el cayado y dio en perseguirle a su vez. Así, huyendo el uno y siguiéndole enfurecido el otro, sin ver dónde ponían los pies, cayeron ambos en la trampa, el macho primero y luego Dafnis, lo cual le salvó, pues al caer se quedó caballero en el macho; pero como se veía en el fondo del hoyo, lloraba, aguardando que alguien viniese a sacarle de allí. Cloe, que vio de lejos lo sucedido, acudió de carrera al hoyo, reconoció que Dafnis estaba con vida y pidió socorro a un boyero de los vecinos campos.

Llegó el boyero y buscó una cuerda o soga, para que, asido a ella, Dafnis saliese; pero no se encontraba cuerda. Entonces Cloe desató la cinta de sus crenchas, la dio al boyero, y de esta suerte, puestos ambos en la boca del hoyo, agarrándose Dafnis a la cinta y tirando ellos, logró subir el caído. Sacaron después al macho infeliz, que con el golpe se había roto entrambos cuernos (pronta y completa venganza del vencido), y se los dieron al boyero en pago de la ayuda, con propósito de decir en casa, si alguien preguntaba por él, que un lobo se lo había llevado. Volvieron luego donde estaban cabras y ovejas, y hallaron que pacían en paz y buen orden. Se sentaron entonces sobre el tronco de una encina, y miraron ambos con atención si alguna parte del cuerpo de Dafnis se había lastimado al caer; pero ni herida ni sangre tenía, sino sucio barro en el pelo y en lo demás de su persona. Dafnis determinó lavarse para que Lamón y Mirtale no supiesen lo ocurrido.

Y yéndose con Cloe a la gruta de las Ninfas, le dio a guardar la tuniquilla y el zurrón y se puso a lavar en la fuente su cabellera y el cuerpo todo.

La cabellera era negra y abundante; el cuerpo, tostado del sol. Diríase que le daba color obscuro la sombra de la cabellera. Cloe, que miraba a Dafnis, le halló hermoso, y como hasta allí no había reparado en su hermosura, imaginó que el baño se la prestaba. Cloe lavó luego las espaldas a Dafnis, y halló tan suave la piel, que de oculto se tocó ella muchas veces la suya para decidir cuál de los dos la tenía más delicada. Como ya el sol iba a ponerse, ambos volvieron con el hato a sus cabañas, y Cloe nada deseaba tanto como ver a Dafnis bañarse de nuevo. Al día siguiente, de vuelta en la pradera, Dafnis, sentado, según solía, al pie de una encina, tocaba la flauta, a par que miraba sus cabras, encantadas, al parecer, con el dulce sonido. Cloe, sentada asimismo a la vera de él, miraba sus ovejas y corderos; pero miraba más a Dafnis. Y otra vez le pareció hermoso tocando la flauta y creyó que la música le hermoseaba y, para hermosearse, ella tomó la flauta también. Quiso luego que volviera él a bañarse y le vio en el baño, y sintió como fuego al verle, y volvió a alabarle, y fue principio de amor la alabanza.

Niña candorosa, criada en los campos, no se daba cuenta de lo que le pasaba, porque ni siquiera había oído mentar al Amor. Sentía inquietud en el alma; no podía dominar sus ojos y hablaba mucho de Dafnis. No comía de día, velaba de noche y descuidaba sus ovejas; ya reía, ya lloraba; si dormía, se despertaba de súbito; su rostro se cubría de palidez y luego ardía en rubor.

Nunca se agitó más becerra picada del tábano. Acontecía a veces que ella a sus solas prorrompía en estas razones:

«Estoy mala e ignoro mi mal; padezco y no me veo herida; me lamento y no perdí ningún corderillo; me abraso y estoy sentada a la sombra. Mil veces me clavé las espinas de los zarzales y no lloré; me picaron las abejas y pronto quedé sana. Sin duda que esta picadura de ahora llega al corazón y es más cruel que las otras. Si Dafnis es bello, las flores lo son también; si él canta lindamente, no cantan mal las avecicas. ¿Por qué pienso en él y no en las avecicas y en las flores? ¡Quisiera ser su flauta para que infundiese en mí su aliento! ¡Quisiera ser su cabritillo para que me tomara en sus brazos! ¡Oh, agua perversa, que a él sólo hace hermoso y me lavas en balde! Yo me muero, queridas ninfas; ¿cómo no salváis a la doncella que se crió con vosotras? ¿Quién os coronará de flores después de mi muerte? ¿Quién tendrá cuidado de los pobres corderos? ¿A quién encomendaré mi parlera cigarra, que cogí con tanta fatiga y que solía cantar en la gruta para que yo durmiese la siesta? En vano canta ahora, pues yo velo, gracias a Dafnis».

Así padecía, así se lamentaba Cloe, procurando descubrir el nombre de Amor. Entretanto, Dorcón, el boyero que sacó del hoyo a Dafnis y al macho, mozuelo ya con barbas y harto sabido en cosas de Amor, se había prendado de Cloe desde el primer día, y como mientras más la trataba más se abrazaba su alma, resolvió valerse o de regalos o de violencia para lograr sus fines.

Fueron sus primeros presentes: para Dafnis, una zompoña, que tenía nueve canutos ligados con latón y no con cera, y para Cloe, la piel de un cervatillo, esmaltada de lunares blancos, para que la llevase en los hombros, como suelen las bacantes.

Así creyó haberse ganado la voluntad de ambos, y pronto desatendió a Dafnis; pero a Cloe la obsequiaba de diario, ya con blandos quesos, ya con guirnaldas de flores, ya con frutas sazonadas. Y hasta hubo ocasiones en que le trajo un becerro montaraz, un vaso sobredorado y pajarillos cazados en el nido. Ignorante ella del artificio y malicia de los amadores, tomaba los regalos y se alegraba, y se alegraba más aún porque con ellos podía regalar a Dafnis. No tardó éste en conocer también las obras de Amor. Entre él y Dorcón sobrevino contienda acerca de la hermosura. Cloe había de sentenciar. Premio del vencedor: un beso de Cloe. Dorcón habló primero de esta manera:

«Yo, zagala, soy más alto que Dafnis, y valgo más de boyero que él de cabrero, porque los bueyes valen más que las cabras. Soy blanco como la leche y rubio como la mies cuando la siegan. No me crió una bestia, sino mi madre. Este es chiquitín, lampiño como las mujeres y negro como un lobezno. Vive entre chotos, y su olor ha de ser atroz, y es tan pobre que no tiene para mantener un perro. Se cuenta que una cabra le dio leche, y a la verdad que parece cabrito». Así dijo Dorcón. Luego contestó Dafnis: «Me crió una cabra como a Júpiter, y son mejores que tus vacas las cabras que yo apaciento. Y no huelo como ellas, como no huele Pan, que casi es macho cabrío. Bastan para mi sustento queso, blanco vino y pan bazo, manjares campesinos, no de gente rica. Soy lampiño como Baco, y como los jacintos morenos; pero más vale Baco que los sátiros, y más el jacinto que la azucena. Es bermejo como los zorros, barbudo como los chivos y como las cortesanas blanco. Y mira bien a quién besas, pues a mí me besarás la boca, y a él, las cerdas que se la cubren. Recuerda, por último, ¡oh, zagala!, que a ti también te crió una oveja, y eres, no obstante, linda».
Cloe no supo ya contenerse, y movida de la alabanza, y más aún del largo anhelo que por besar a Dafnis sentía,

se levantó y le besó; beso inocente y sin arte, pero harto poderoso para encenderle el alma.

Dorcón huyó afligido en busca de nuevos medios de lograr su amor. Dafnis no parecía haber sido besado, sino mordido: de repente se le puso la cara triste; suspiraba con frecuencia, no reprimía la agitación de su pecho, miraba a Cloe, y al mirarla se ponía rojo como la grana. Entonces se maravilló por primera vez de los cabellos de ella, que eran rubios, y de sus ojos, que los tenía grandes y dulces como las becerras, y de su rostro, más blanco que leche de cabra. Diríase que a deshora se le abrieron los ojos y que antes estaba ciego. Ya no tomaba alimento sino para gustarle, ni bebía sino para humedecerse la boca. Estaba taciturno, cuando antes era más picotero que las cigarras; yacía inmóvil, cuando antes brincaba más que los chivos; no se curaba del ganado; había tirado la flauta lejos de sí, y tenía pálido el rostro como agostada hierba. Únicamente con Cloe o pensando en Cloe volvía a ser parlero. A veces, a solas, se lamentaba de esta suerte:

«¿Qué me hizo el beso de Cloe? Sus labios son más suaves que las rosas, su boca más dulce que un panal y su beso más punzante que el aguijón de las abejas. No pocas veces he besado los chivos, no pocas veces he besado los recentales de ella y el becerro que le regaló Dorcón; pero este beso de ahora es muy diferente. Me falta el aliento, el corazón me palpita, se me derrite el alma, y a pesar de todo, quiero más besos. ¡Oh, extraña victoria! ¡Oh, dolencia nueva, cuyo nombre ignoro! ¿Habría

Cloe tomado veneno antes de besarme? ¿Cómo no ha muerto entonces? Los ruiseñores cantan, y mi zampoña enmudece; brincan los cabritillos, y yo estoy sentado; abundan las flores, y yo no tejo guirnaldas. Jacintos y violetas florecen, y Dafnis se marchita. «¿Llegará Dorcón a ser más lindo que yo?».

Así se quejaba el bueno de Dafnis, probando los tormentos de Amor por vez primera. Dorcón, entretanto, el boyero enamorado de Cloe, se fue a buscar a Dryas, que plantaba estacas para sostener una parra, y le llevó de regalo muy ricos quesos. Y como era su antiguo amigo, porque habían ido juntos a apacentar el ganado, trabó conversación con él y acabó por hablarle del casamiento de Cloe.

Le dijo que él deseaba tomarla por mujer, y le prometió grandes dones, como rico boyero que era: una yunta de bueyes para arar, cuatro colmenas, cincuenta manzanos, un cuero de buey para suelas y, cada año, un becerro que podría ya destetarse. Halagado por las promesas, Dryas estuvo a punto de consentir en la boda; pero, recapacitando después que la doncella merecía mejor novio, y temiendo ser acusado algún día de ocasionar irremediables males, desechó la proposición de boda y se disculpó como pudo, sin aceptar lo prometido en alboroque.

Viéndose Dorcón defraudado por segunda vez en su esperanza y perdidos sin fruto sus excelentes quesos, resolvió apelar a las manos, no bien hallase sola a Cloe. Y como había notado que Cloe y Dafnis traían alternativamente a beber el ganado, él un día y ella otro, se valió de una treta propia de zagal: tomó la piel de un gran lobo, que un toro había muerto con sus astas defendiendo la vacada, y se cubrió con dicha piel puesta en los hombros, de modo que las patas de delante le cubrían los brazos, las patas traseras se extendían desde los muslos a los talones, y el hocico le tapaba la cabeza como casco de guerrero.

Disfrazado así en fiera lo menos mal que pudo, se fue a la fuente donde bebían cabras y ovejas después de pacer. Estaba la fuente en un barranco, y en torno de ella formaban matorral tantos espinos, zarzas, cardos y enebros rastreros, que fácilmente se hubiera ocultado allí un lobo de veras. Allí se escondió Dorcón, espiando el momento de venir a beber el ganado, y con grande esperanza de asustar a Cloe con su disfraz y de apoderarse de ella.

A poco llegó Cloe a la fuente con el ganado, mientras Dafnis cortaba verdes tallos y renuevos para que los cabritillos se regalasen después del pasto. Los perros que guardaban el rebaño seguían a Cloe, y como tenían buena nariz, sintieron a Dorcón, que ya se disponía a caer sobre Cloe; se pusieron a ladrar, se echaron sobre él como si fuera lobo, le rodearon, y antes de que volviese del susto, le mordieron. Al principio, con vergüenza de ser descubierto, y recatándose aún con la piel de lobo, Dorcón yacía silencioso en el matorral. Cloe, entre tanto, llena de terror, había llamado a Dafnis para que le socorriese.

Y los perros, destrozada ya la piel del lobo, mordían sin piedad el cuerpo de Dorcón, el cual, a grandes voces, acabó por suplicar que le amparasen a Cloe y a Dafnis, que ya había llegado. Estos mitigaron pronto el furor de los perros con las voces que tenían de costumbre. Después, llevaron a la fuente a Dorcón, que había sido herido en los muslos y en las espaldas. Le lavaron las mordeduras, donde se veía la impresión de los dientes, y pusieron encima corteza mascada y verde de olmo. La ignorancia de ambos en punto a atrevimientos amorosos les hizo considerar la empresa de Dorcón como broma y niñería pastoril, y en vez de enojarse contra él, le consolaron con buenas palabras, y le llevaron un poco de la mano hasta que le despidieron.

Él, salvo de tan grave peligro, y no, como se dice, de la boca del lobo, sino de la del perro, fue a curarse las heridas. Dafnis y Cloe no tuvieron poco que afanarse, hasta bien entrada la noche, para recoger las ovejas y las cabras, las cuales, espantadas de la piel del lobo y de los ladridos, unas se encaramaron a los peñascos y otras se fueron huyendo hasta la mar.

Todas estaban bien enseñadas a acudir a la voz, a congregarse al son de la zampoña y a venir oyendo sólo una palmada; pero entonces el miedo les había hecho olvidarse de todo. Casi fue menester perseguirlas y buscarlas por el rastro, como a las liebres. Después las llevaron al aprisco. Aquella sola noche durmieron ambos con profundo sueño. La fatiga fue remedio del mal de amor; pero, venido el día, padecieron de nuevo el mismo mal.

Se alegraban al verse; les dolía separarse; estaban desazonados; deseaban algo, e ignoraban qué. Sólo sabían de él que el origen de su mal era un beso, y ella, que era un baño.

Tocaba ya a su fin la primavera y empezaba el estío. Todo era vigor en la tierra. Los árboles tenían fruta; los sembrados, espigas. Grato el cantar de las cigarras, deleitoso el balar de los corderos, dulce el ambiente perfumado por la fruta en sazón.

Parecía que los ríos cantaban al correr mansamente; que los vientos daban música como de flauta al suspirar entre los pinos; que las manzanas caían enamoradas al suelo, y que el sol, anhelante de hermosura, rasgaba todo velo que pudiera encubrirla. Dafnis, impulsado de un ardor íntimo que todo esto le causaba, se echaba en los ríos, y ya se lavaba, ya cogía ligeros peces, ya bebía como si quisiese apagar aquel fuego. Cloe, después de ordeñar sus ovejas y no pocas de las cabras, empleaba bastante tiempo en cuajar la leche y en osear las moscas, que al osearlas le picaban; luego se lavaba la cara; se coronaba de ramas de pino, se ponía al hombro la piel del cervatillo, llenaba una gran taza de vino y de leche y gozaba con Dafnis de aquella bebida.

Cuando llegaba la hora de la siesta, llegaba también mayor hechizo y cautividad de los ojos, porque ella miraba a Dafnis desnudo y su beldad floreciente, y desfallecía al considerar que no había falta que ponerle en parte alguna; y él, al verla con la piel del ciervo, coronada de pino y ofreciéndole bebida en la taza, imaginaba ver a una de las ninfas de la gruta.

Entonces Dafnis, arrebatando de la cabeza de ella las ramas de pino, se coronaba a sí propio, no sin besar antes la corona. Ella, en cambio, solía tomar la ropa de él, mientras él se bañaba, y vestírsela, no sin besarla antes también. Ambos se tiraban manzanas y otras veces se peinaban el uno al otro, y Cloe comparaba el cabello de él, por lo negro, a la endrina, y Dafnis decía que el rostro de ella era como las manzanas, por lo blanco y sonrosado. A veces le enseñaba a tocar la flauta; y apenas soplaba ella, se la quitaba él y recorría todos los agujeros, como para mostrarle dónde había faltado, y en realidad para besar a Cloe por medio de la flauta.

Tocando él así una siesta, y reposando a la sombra el ganado, Cloe hubo de quedarse dormida. Y no bien lo advirtió Dafnis, dejó la flauta para mirarla toda, sin hartarse de mirarla; y ya sin avergonzarse de nada, dijo en voz baja de este modo: «¡Cómo duermen sus ojos! ¡Cómo alienta su boca! Ni las frutas ni el tomillo huelen mejor; pero no me atrevo a besarla. Su beso pica en el corazón y vuelve loco como la miel nueva. Además, temo despertarla si la beso. ¡Oh, parleras cigarras! ¿No la dejaréis dormir con vuestros chirridos? ¿Y estos pícaros chivos, que alborotan peleando a cornadas? ¡Oh lobos, más cobardes que zorras! «¿Por qué no venís a robarlos?».

Mientras que él profería estas razones, una cigarra, huyendo de una golondrina que la quería cautivar, vino a refugiarse en el seno de Cloe. La golondrina no pudo coger su presa ni reprimir el vuelo, y rozó con las alas las mejillas de la zagala, la cual, sin comprender lo que había sucedido, despertó asustada y gritando; pero no bien vio la golondrina, que aún volaba cerca, y a Dafnis, que reía del susto, el susto se le pasó y se restregó los ojos, que querían dormir todavía. Entonces la cigarra se puso a cantar entre los pechos de Cloe, como si quisiera dar gracias por haberla salvado. Cloe se asustó y gritó de nuevo, y Dafnis rió. Y aprovechándose éste de la ocasión, metió bien la mano en el seno de Cloe y sacó de allí a la buena de la cigarra, que ni en la mano quería callarse. Ella la vio con gusto, la tomó y la besó, y se la volvió a poner en el pecho, siempre cantando.

Se recreaba una vez en oír a una paloma torcaz que arrullaba en la selva. Quiso Cloe aprender lo que decía, y Dafnis la doctrinó, refiriendo esta sabida conseja: «Hubo en tiempos antiguos, zagala, una zagala linda y de pocos años como tú, la cual apacentaba muchos bueyes. Era gentil cantadora, y su ganado se deleitaba con la música, de manera que la zagala no se valía del cayado, ni picaba con la aijada, sino que, reposando a la sombra de un pino y coronada de verdes ramas, se ponía a cantar de Pan y de Pitis; toda la vacada pacía en torno, oyéndola. No lejos de allí había un zagal, que también guardaba vacas y era hábil cantador, como la zagala, y competía con ella en los cantares, siendo los de él más briosos, como de varón y como de muchacho, no menos dulces. Así fue como los ocho mejores becerros que ella tenía, hechizados por los cantares del zagal, se pasaron de un rebaño a otro. La zagala se apesadumbró en extremo con la pérdida de los becerros, y más aún con el vencimiento en los cantares, y suplicó a los dioses que, antes de volver a casa, la convirtiesen en ave. Accedieron los dioses y la convirtieron en ave montaraz y cantadora, cual la zagala. Aun en el día, cuando canta, recuerda su derrota, y dice que busca los becerros huidos».

En tales recreos se pasó el verano, y vino el otoño con sus racimos. Entonces ciertos piratas de Tiro que tripulaban una nave de Caria, a fin de no parecer bárbaros, desembarcaron en aquella costa con espadas y petos, y garbearon cuanto pudieron hallar a su alcance: vino oloroso, trigo a manta, panales de miel y hasta algunos bueyes y vacas del rebaño de Dorcón. Quiso la suerte que se apoderasen de Dafnis, el cual se andaba solazando solo junto al mar, porque Cloe, como niña que era, sacaba más tarde a pacer las ovejas de Dryas, por temor a los pastores insolentes. Viendo los piratas a aquel mozo gallardo y espigado, le juzgaron mejor presa que las ovejas y las cabras, y cesando en sus correrías y robos, se le llevaron a la nave, mientras que él lloraba, no sabía qué hacer y llamaba a voces a Cloe. Los piratas, en tanto que desataron la amarra, pusieron mano a los remos, y se iban engolfando en la mar, cuando acudió Cloe ya con sus ovejas y trayendo de presente a Dafnis una nueva flauta.

Y viendo ella las cabras medrosas y descarriadas, y oyendo a Dafnis, que la llamaba siempre a gritos, abandonó las ovejas, tiró al suelo la flauta y, a todo correr, se fue hacia Dorcón, pidiéndole socorro.

Le halló por tierra, cubierto de heridas que le habían hecho los ladrones, respirando apenas y derramando mucha sangre. Cuando él vio a Cloe, el recuerdo de su amor le hizo cobrar aliento. «Cloe —le dijo—, pronto voy a morir. Esos inicuos piratas me han destrozado como a un buey, porque defendía mis bueyes. Sálvate tú, salva a Dafnis, véngame y piérdelos. Yo tengo enseñadas a mis vacas a seguir el son de mi flauta, y por lejos que estén, acuden cuando la oyen. Tómala, ve a la playa y toca allí la sonata que yo enseñé a Dafnis y que Dafnis te enseñó. Lo demás lo harán la flauta sonando y las mismas vacas. A ti hago presente esta flauta, con la cual vencí en contienda musical a muchos vaqueros y cabreros. Tú, en pago, bésame ahora, que aún vivo, y llórame muerto. Y cuando veas a alguien apacentando bueyes, acuérdate de mí».

Dicho esto, Dorcón besó el beso último, pues a par de beso y voz exhaló el alma. Tomó la flauta Cloe, aplicó a ella los labios y sopló con cuanta fuerza pudo. La oyeron las vacas, reconocieron al punto el son, mugieron todas y de consuno se tiraron con ímpetu a la mar. Con salto tan violento se ladeó la nave de un costado y, al caer, las vacas se abrieron en la mar como una sima, de suerte que se volcó la nave, y las olas, al volverse a juntar, se la tragaron. No todos los náufragos tenían la misma esperanza de salvación, porque los piratas llevaban espada al cinto, vestían medias corazas escamosas y calzaban grebas, mientras que Dafnis iba descalzo, como quien apacienta en la llanura, y casi desnudo, por ser la estación del calor. Así fue como los piratas, apenas bregaron un poco, se hundieron con el peso de las armas; pero Dafnis se despojó con facilidad de su ligero vestido, y aun así se cansaba con tanto nadar, como quien antes sólo por poco tiempo había nadado en los ríos.

La necesidad le enseñó, no obstante, lo que importaba hacer: se puso entre dos vacas, asió sus cuernos con ambas manos y se dejó llevar tan cómodo y sin fatiga como en una carreta, pues es de saber que las vacas nadan más y mejor que los hombres, y sólo ceden en esto a las aves de agua y a los peces, por lo cual no se cuenta de vaca ni de buey que jamás se ahogue, como no se le ablande la pezuña con el sobrado remojo. Y en prueba de la verdad de lo que digo, hay muchos estrechos de mar que hasta hoy se llaman pasos de bueyes.

Del modo referido escapó Dafnis, contra toda previsión, de los peligros, piratería y naufragio. Luego que saltó en tierra y halló a Cloe, que reía y lloraba al mismo tiempo, se echó en sus brazos y le preguntó por qué tocaba la flauta. Ella se lo contó todo: su ida en busca de Dorcón; la costumbre de las vacas de acudir al son de la flauta; el consejo de Dorcón de que la tocase y la muerte de éste. Sólo por pudor se calló lo del beso. Decidieron ambos honrar la memoria de su bienhechor, y en compañía de amigos y parientes hicieron el entierro de aquél sin ventura.

Echaron tierra en la huesa, plantaron en torno árboles y suspendieron de las ramas las primicias de su trabajo; libaron leche sobre el sepulcro, exprimieron racimos de uvas y quebraron flautas. Se oyó a las vacas dar lastimeros mugidos, y se las vio correr despavoridas y sin concierto;

todo lo cual, según declaraban pastores peritos, era lamentación y duelo de las vacas por el vaquero difunto. Después del entierro de Dorcón, Cloe se fue con Dafnis a la gruta de las Ninfas, y allí le lavó, y luego ella misma, por la primera vez, viéndolo Dafnis, lavó su cuerpo, blanco y reluciente de hermosura, y sin necesitar el baño para ser hermoso. Cogieron, por último, flores de las que daba la estación, coronaron con ellas a las imágenes y colgaron como ofrenda la flauta de Dorcón en la pared de la gruta. Hecho esto, salieron a ver cabras y ovejas. Todas estaban echadas, sin pacer ni balar, sino, a lo que yo entiendo, harto afligidas por la ausencia de Dafnis y de Cloe.

Así fue como, en cuanto los vieron y oyeron que las llamaban como de costumbre y que tocaban la churumbela, se alzaron todas alegres, y las ovejas se pusieron a pacer, y las cabras a brincar y a balar, celebrando que su cabrero se había salvado. Con todo esto, Dafnis no podía recobrar su antiguo contento desde que vio a Cloe desnuda y patente toda su beldad, escondida antes. Le dolía el corazón como si hubiese tomado ponzoña, y su aliento ya era fuerte y agitado, como de alguien a quien persiguen, ya desfallecido, como por el cansancio de la fuga. Le parecía el baño de Cloe más temible que la mar, y pensaba que su alma estaba aún cautiva de los piratas; pues, como mozuelo campesino, ignoraba las piraterías de Amor.

LIBRO SEGUNDO

Estaba ya en su fuerza el otoño, se acercaban los días de la vendimia, y todo era vida y movimiento en el campo. Unos preparaban los lagares, otros fregaban las tinajas; éstos tejían canastas y cestos o afilaban hoces pequeñas para cortar los racimos, y aquéllos disponían la piedra o la viga para estrujar las uvas, o machacaban mimbres y sarmientos secos para hacer antorchas a cuya luz trasegar el mosto de noche. Dafnis y Cloe habían abandonado ovejas y cabras, y prestaban en tales faenas el auxilio de sus manos. Él acarreaba la uva, en cestos, la pisaba en el lagar y llevaba el mosto a las tinajas, y ella condimentaba la comida de los vendimiadores, les daba a beber vino añejo y hasta vendimiaba a veces en las cepas bajas; porque en Lesbos las viñas no están en alto ni enlazadas a los árboles, sino rastreando los sarmientos como la hiedra, de modo que una criatura apenas salida de los pañales puede allí coger racimos.

Según usanza de esta fiesta de Baco y nacimiento del vino, acudieron mujeres de las cercanías para ayudar en las faenas, y las más ponían los ojos en Dafnis y encarecían su belleza como igual a la del dios. Una de las más avispadas y audaces le besó, y el beso supo bien a Dafnis, y afligió a Cloe. Y los que estaban en el lagar echaban a Cloe no pocos requiebros, saltaban furiosamente como sátiros que ven a una bacante, y deseaban convertirse en carneros para que ella los llevase a pacer; con todo lo cual Cloe se regocijaba y Dafnis se ponía mohíno. De aquí que ambos ansiasen el fin de la vendimia, la vuelta a su frecuentada soledad campestre, y oír, en vez de aquel desconcertado bullicio, el son de la zampoña y el balar de la grey. Pocos días pasaron y las viñas quedaron vendimiadas y las tinajas llenas de mosto. Como ya no había necesidad de tantos brazos, volvieron ellos a llevar el ganado a pacer. Muy satisfechos, entonces dieron culto a las Ninfas y les ofrecieron racimos con pámpanos, primicias de la vendimia.

Nunca habían descuidado este culto, porque siempre, antes de llevar al pasto el rebaño, iban a reverenciar a las Ninfas, y al volver al aprisco también las reverenciaban, sin dejar una vez sola de ofrecerles algo, ya flores, ya fruta, ya verdes ramos, ya libaciones de leche; generosa devoción de que recibieron más tarde recompensa divina. Por lo pronto, ambos retozaban como lebreles que se sueltan, y tocaban la flauta y cantaban, y como los chivos y los borregos, luchaban hasta derribarse.

Mientras así se divertían, se les apareció un viejo, que vestía pellico, calzaba abarcas y llevaba al hombro un zurrón muy estropeado. Se sentó junto a ellos y habló de esta suerte: «Yo, hijos míos, soy el viejo Filetas, el que tantos cantares entonó a estas ninfas y tantas veces tocó la flauta en honor de aquel Pan. Con mi música sólo he guiado yo a una numerosa vacada. Ahora vengo a vosotros para contaros lo que vi y participaros lo que oí. Poseo un huerto que, desde que me quité de pastor y busqué en la vejez reposo, cultivo con mis propias manos.

Cuanto se cría en todas las estaciones se halla en mi huerto no bien su estación llega: en primavera, rosas, lirios, azucenas, jacintos y violetas sencillas y dobles; en verano, amapolas, peras y todo linaje de manzanas; ahora, uvas, granadas, higos y mirto verde. Los pájaros acuden a mi huerto a bandadas cuando amanece: unos vienen a picar, otros para cantar a gusto, porque hay en él sombra y tres arroyos, y tal espesura de árboles, que, si derribásemos la tapia que le cerca, pensaríamos ver un bosque.

«Hoy, a eso de mediodía, he sorprendido allí a un muchacho que tenía granadas y arrayán, y era blanco como la leche, rubio como la llama y limpio y luciente como recién salido del baño. Estaba desnudo y solo, y se entretenía en saquearme el huerto como si fuera suyo. En balde me eché sobre él para prenderle, receloso de que me destrozase arrayanes y granados con sus travesuras, porque él se me esquivó, ágil y leve, ora deslizándose entre los rosales, ora se escabulló entre las malvalocas, como un perdigonzuelo. No pocas veces me afané para coger cabritillos de leche o me cansé persiguiendo becerras; pero esta res de hoy es muy otra, y no hay quien sepa cazarla. Fatigado yo pronto, como es natural a mis años, y apoyado en mi báculo, no sin procurar a la vez que no se fugase, le pregunté quién era de mis vecinos y por qué se entraba a robar en el cercado ajeno. Él, sin responder palabra, se puso junto a mí, sonrió con singular ternura, me tiró a la cara los granos de mirto y no sé cómo me ablandó el corazón y me quitó el enojo. Le rogué entonces que no tuviese miedo de mí y se dejase prender, y juré por los mirtos que enseguida le daría suelta, regalándole manzanas y granadas y consintiendo que en adelante cogiese mi fruta y segase mis flores, si alcanzaba de él un solo beso.

Se rió el muchacho al oírme, con risa sonora, y salió de su pecho voz más dulce que el cantar de la golondrina, del ruiseñor y del cisne cuando es vicio como yo. «A mí, ¡oh Filetas! —dijo—, nada me cuesta que me beses. Más gusto yo de besos que tú de remozarte. Mira, con todo, si el don que pides conviene a tus años, los cuales no te valdrán para quedar exento de perseguirme cuando me hubieras besado, y no hay águila, ni gavilán, ni ave alguna de rapiña que me alcance, por ligera que sea. No soy niño, aunque parezco niño, sino más viejo que Saturno. Yo soy anterior a todo tiempo. A ti te conozco de muy atrás, cuando, zagalón todavía, guardabas tu rebaño en el llano de la laguna. Yo estaba a la vera tuya siempre que tocabas la flauta bajo los chopos, enamorado de Amarilis. Tú no me veías, por más que yo solía ponerme cerca de la zagala. Al cabo te la di, y de ella te nacieron hijos, que son valientes vaqueros y labradores. En el día cuido, como pastor, de Dafnis y de Cloe; y después que los reúno al rayar el alba, me vengo a tu huerto, me divierto con sus plantas y flores y me baño en sus fuentes. Por eso, flores y plantas están lozanas y hermosas, regadas con el agua de mi baño. Mira cómo no hay rama alguna desgajada, ni fruta arrancada o caída, ni arbolillo sacado de cuajo, ni fuente turbia. Y alégrate, además, porque sólo tú, entre los hombres, lograste verme en la vejez».

Apenas dijo esto, empezó a revolotear entre los arrayanes lo propio que un pajarillo, y saltando de rama en rama, se subió a lo más alto del follaje.

Entonces noté que tenía alas en las espaldas, y entre las alas un arco, y luego no vi nada de esto, ni a él tampoco le vi. Ahora bien, si no he vivido en balde, y si con la edad no he llegado a perder el juicio, yo os declaro, hijos míos, que estáis consagrados a Amor, y que Amor cuida de vosotros».

En grande se holgaron ellos, como si oyeran un cuento, y no un sucedido, y preguntaron quién era el tal Amor, si era niño o pájaro, y qué poder tenía. De nuevo habló así Filetas: «Dios, hijos míos, es Amor, joven, hermoso y volátil, por lo cual se complace en la mocedad, apetece y busca la hermosura y hace que broten alas en el alma. Tanto puede, que Júpiter no puede más; dispone los gérmenes de donde todo nace, reina sobre los astros y manda más en los dioses, sus compañeros, que en cabras y ovejas vosotros. Todas las flores son obra de ella. Él ha creado estos árboles. Por su virtud corren los ríos y los vientos suspiran. Yo vi al toro en el celo, y bramaba como picado del tábano; yo vi al macho enamorado de la cabra, y por todas partes la seguía. Yo mismo, cuando mozo, amaba a Amarilis, y ni me acordaba de la comida, ni tornaba de beber, ni me entregaba al sueño. Me dolía el alma, me daba brincos el corazón y mi cuerpo languidecía; ya gritaba como si me azotasen; ya callaba como muerto; a veces me arrojaba al río para apagar el fuego en que me quemaba; a veces pedía socorro a Pan, porque amó a Pitis; elogiaba a Eco, porque después de mí llamaba a Amarilis, o rompía mi flauta, porque atraía a las vacas, y a mí Amarilis no me atraía. Ello es que no hay remedio para Amor: ni filtro, ni ensalmo, ni manjar con hechizo; no hay más que beso, abrazo y acostarse juntos desnudos».

Filetas, después que los hubo doctrinado, se fue, recibiendo de ellos algunos quesos y un chivo, al que asomaban ya los pitones. No bien ellos se quedaron solos, y oído entonces el nombre de Amor por vez primera, se apesadumbraron más, y de vuelta a sus chozas, comparaban lo que sentían a lo que el viejo había referido:

«Padecen los amantes —decían— y padecemos nosotros; no cuidan de sí mismos, como nosotros nos descuidamos; no logran dormir, y nosotros tampoco dormimos; se diría que arden, e idéntico fuego nos abrasa; desean verse, y para vernos ansiamos que llegue el día. Esto, de juro, es amor. Nos amábamos sin saberlo. Pero si esto es amor y somos amados, ¿qué nos falta? ¿Qué nos aflige? ¿Para qué nos buscamos? Filetas nos dijo la verdad; el mozuelo que vio en su huerto no es otro que el que en sueño se apareció a nuestros padres y les ordenó que nos diesen a guardar el ganado. ¿Cómo le podremos prender? ¡Es pequeñuelo y se fugará! ¿Cómo huir de él? Tiene alas y nos alcanzará. ¿Pediremos a las Ninfas que nos protejan? En vano pidió Filetas protección a Pan cuando su amor con Amarilis. Tomemos los remedios de que él hablaba: besos y abrazos y acostarse juntos desnudos. Es cierto que hace mucho frío, pero lo sufriremos, a fin de tomar el último remedio». Así repasaban ambos de noche la lección que Filetas les había dado.

Al día siguiente llevaron el ganado a pacer, y al verse, se besaron, lo cual nunca habían hecho antes, y se estrecharon las manos y se abrazaron. Con el tercer remedio, con el de acostarse juntos desnudos, era con el que no se atrevían, sin duda por requerir mayor atrevimiento que el que cabe, no ya sólo en doncellicas ternezuelas, sino también en cabreros de corta edad. Aquella noche estuvieron tan desvelados como la anterior, y ya con recuerdos de lo hecho, ya con pesar de lo omitido, decían en sus adentros: «Nos hemos besado, y de nada aprovecha; nos hemos abrazado, y tampoco hemos tenido alivio. Por fuerza, el único remedio de amor ha de ser acostarse juntos. Menester será ponerlo por obra. «Algo ha de haber en ello más eficaz que el beso».

En tales discursos acabaron por dormirse, y sus ensueños fueron amorosos: besos y abrazos. Aun lo que no habían hecho despiertos, lo hacían soñando: se acostaban juntos desnudos. Se despertaron luego con el alba más prendados que nunca, y se apresuraron a salir a pastorear, impacientes de renovar los besos.

No bien se vieron, corrieron con blanda sonrisa hasta juntarse; se besaron y se abrazaron; pero el tercer remedio no se empleó. Ni Dafnis se atrevía a proponerlo, ni Cloe quería tomar la iniciativa. Él acaso hubo, pues, de disponerlo todo.

Sentados estaban ambos junto al tronco de la encina, y gustaban del deleite que hay en el beso, y no lograban hartarse de su dulzura. Se ceñían con los brazos para que la unión fuese más apretada. Una vez, como Dafnis se apretaba con mayor violencia, Cloe se cayó sobre un costado, y Dafnis, siguiendo la boca de Cloe para no perder el beso, se cayó también. Reconocieron entonces en aquella postura la que en sueños habían tenido, y se quedaron así durante mucho tiempo, como si estuviesen atados. Sin adivinar lo que había después, creyeron haber tocado al último límite de los gustos amorosos, y consumieron en balde la mayor parte del día, hasta que, al llegar la noche, se separaron maldiciéndola y recogieron el hato. Quizás hubieran llegado pronto al término verdadero, a no sobrevenir un alboroto en aquel rústico retiro.

Ciertos mancebos ricos de Metimna, deseosos de solazarse durante la vendimia y de hacer alguna jira, echaron un barco a la mar, pusieron por remeros a sus criados y se vinieron a las costas de Mitilene, donde hay ensenadas seguras, lindos caseríos, cómodas playas para bañarse y bosques y jardines, ya por obra de Naturaleza, ya por industria humana, y todo bueno y grato para la vida. Costeando de esta suerte, saltaban de diario en tierra, sin hacer daño a nadie, y se entregaban a varios pasatiempos. Ora desde alguna roca que avanzaba sobre la mar, pescaban con anzuelos colgados de una caña por un hilo delgado; ora con redes y con perros cazaban las liebres que habían huido de los majuelos, espantadas por los vendimiadores; ora cogían con lazo ánades silvestres, ánsares y avutardas, con lo cual, a par que se recreaban, proveían su mesa. Y si algo necesitaban aún, lo tomaban de los campesinos, pagándolo más caro de lo que valía. El pan y el vino eran lo único que les faltaba, y también un sitio donde albergarse, pues no hallaban seguridad en dormir a bordo por la otoñada, y, temerosos del temporal, traían de noche la nave a tierra.

Un rústico de por allí había menester de una soga, rota ya o gastada la de que antes se servía para sostener en alto la piedra del husillo de su lagar; y yéndose de oculto hacia la playa, halló la nave sin quien la guardase; desató la amarra, se la llevó a su casa y la usó en dicho empleo.

Por la mañana los mancebos de Metimna buscaron en balde la amarra. Nadie confesó haberla tomado. Disputaron un poco con sus huéspedes por este motivo, se embarcaron y se fueron. Navegaron treinta estadios y llegaron a los campos donde moraban Dafnis y Cloe. Aquel llano les pareció muy a propósito para correr liebres. Y como carecían de soga o cuerda que les sirviese de amarra, entretejieron y retorcieron largas varillas de verdes mimbreras, con las cuales amarraron la nave a tierra por la alta popa. Soltaron luego los perros para que olfatearan y levantaran la caza, y tendieron las redes en los sitios que juzgaron más adecuados.

Los perros, con sus ladridos y carreras, espantaron las cabras, y éstas abandonaron los cerros y alcores y se vinieron hacia la mar, donde entre la arena no tenían pasto, por lo cual algunas de las más atrevidas se acercaron a la nave y se comieron la mimbre verde a que estaba amarrada.

En la mar a la sazón había resaca, porque soplaba viento de tierra, de suerte que, no bien el barco quedó libre, las olas le empujaron y se le llevaron lejos. Pronto se percataron de ello los cazadores, y unos corrieron a la orilla, otros atraillaron los perros, y todos gritaron de manera que cuanta gente había en los vecinos campos acudió al oírlos, pero de nada valió su venida. El viento sopló más fuerte y se llevó el barco con celeridad irresistible. Los de Metimna, enojados con la pérdida de tantas prendas de valor, buscaron al cabrero, y habiendo hallado a Dafnis, se pusieron a darle golpes y a desnudarle; y hasta hubo uno que, valiéndose de la cuerda con que atraillaba los perros, iba a atarle las manos a la espalda. Maltratado así Dafnis, gritó y pidió socorro a los rústicos, y sobre todo llamó a Lamón y a Dryas.

Acudieron éstos, que eran dos viejos recios, con las manos endurecidas en las labores del campo, y se hicieron respetar, exigiendo que se tratase el negocio en justicia y fuesen oídas las partes.

Todos se conformaron y Filetas, el vaquero, fue nombrado juez porque era el más anciano de los que allí estaban presentes, y por su rectitud, famoso en aquella comarca. Los de Metimna, con claridad y concisión, plantearon así su querella ante el juez vaquero: «Venimos a estos campos a cazar, dejamos nuestro barco junto a la orilla, amarrado con verde mimbre, y nos pusimos a ojear con los perros de caza. Entretanto, las cabras de este mozuelo bajaron a la marina, se comieron la mimbre y desataron el barco. Ya viste cómo se las llevaron las olas. ¿Cuánto crees que importa el perjuicio ocasionado? ¡Qué trajes hemos perdido! ¡Qué de collares de perros! ¡Cuánta plata, de sobra acaso para comprar todo este terreno! Por todo lo cual parece justo que nos llevemos a este cabrerillo torpe, que apacienta cabras junto a la mar, cual si fuera marinero».

Así se quejaron los metimneños. Dafnis, por más que le dolían los golpes recibidos, vio a Cloe presente, lo despreció todo y dijo: «Yo guardo bien mi ganado. Jamás se quejó labrador de estos contornos de que cabra mía le destrozase su huerto o le comiese los brotes de su viña. Estos son cazadores inhábiles, y traen perros mal enseñados, que no saben sino correr sin concierto y ladrar con tal furor que las cabras han huido del llano y del cerro hacia la mar, como acosadas por lobos. Es cierto que se comieron la mimbre. ¿Acaso en la arena tenían verde grama, madroños y tomillo? El barco se lo llevó el viento o la mar. Cúlpese a la tormenta, no a las cabras. En el barco había ropa y plata; pero ¿quién, que esté en su juicio, ha de creer que llevaba tales riquezas un barco con amarra de mimbre?»

Dicho esto, Dafnis rompió a llorar y movió a compasión a los rústicos, de suerte que Filetas, el juez, juró por Pan y las Ninfas que no había culpa en Dafnis ni tampoco en las cabras. Culpables eran la mar y el viento, los cuales tenían otros jueces.

La sentencia de Filetas no satisfizo metimneños, y avanzaron furiosos, cogieron otra vez a Dafnis y le querían atar para llevárselo. Pero los rústicos se alborotaron y, cayendo sobre ellos como grajos o como nube de estorninos, pronto libertaron a Dafnis, que también peleaba, y pusieron en fuga a los metimneños, hartándolos de palos y sin cesar de perseguirlos hasta que los echaron de todo aquel territorio.

Así quedó el campo en sosiego, y Cloe llevó a Dafnis a la gruta de las Ninfas. Allí le lavó la cara, llena de sangre que había echado por las lastimadas narices, y le hizo comer un pedazo de torta y una raja de queso que sacó del zurroncillo, y para que mejor se recobrase, le dio un beso, todo de miel, con sus blandos labios.

Así se salvó Dafnis de aquel peligro; mas no pararon allí las cosas. Los metimneños, de vuelta a su tierra, con harta fatiga, a pie en vez de ir en barco y apaleados en vez de ir divertidos, convocaron en junta a los ciudadanos y, en traje de suplicantes, pidieron venganza del insulto recibido, sin decir palabra de verdad, para que no se burlasen de ellos por haberse dejado apalear por unos villanos; antes bien supusieron que los de Mitilene les habían apresado el barco y robado sus bienes, como en tiempo de guerra. En vista de las heridas, los de la junta lo creyeron todo y consideraron justo vengar a aquellos jóvenes de las principales familias de la ciudad. La guerra contra los de Mitilene fue, pues, decretada sin declaración previa, y se dio orden a un capitán para que saliese a la mar con diez naves y talase y saquease las costas del enemigo. Como se acercaba el invierno, no era seguro aventurar mayor escuadra.

Al día siguiente, hechos los aprestos y llevando como

remeros a los mismos soldados, recorrió la escuadrilla las costas de Mitilene, y la gente entró a saco en muchos lugares, robando ganado y trigo y vino en abundancia, porque estaba recién hecha la vendimia, y cautivando no pocos hombres de los que trabajaban en el campo. Desembarcó también donde Dafnis y Cloe apacentaban y se llevó cuanto halló a mano. Dafnis a la sazón no guardaba las cabras, sino que había ido al bosque a coger ramas verdes para dar en el invierno alimento a los chivos. Cuando vio la invasión desde lo alto, se escondió en el hueco tronco de un quejigo seco. Cloe, en tanto, guardaba el rebaño, y, perseguida por los invasores, se refugió en la gruta de las Ninfas, por cuyo amor rogaba que a ella y a su rebaño perdonasen. De nada valió el ruego. Los metimneños no sólo hicieron muchas burlas y profanaciones de las imágenes, sino que a las ovejas y a la misma Cloe, como si fuera oveja también, se las llevaron por delante a varazos.

Ya entonces tenían las naves cargadas de botín de toda laya y decidieron no navegar más, sino volverse a sus casas, recelosos del invierno y de los enemigos. Navegaban, pues, aunque poco y a fuerza de remos porque el viento no los favorecía, cuando Dafnis, visto el sosiego que reinaba, bajó a la llanura en que solía apacentar, y no halló cabras ni ovejas, ni halló a Cloe, sino soledad mucha, y por el suelo la flauta con que Cloe se deleitaba. Dafnis empezó entonces a gritar y a exhalar sollozos lastimeros, y ya corría bajo el haya donde antes se sentaba, ya hacia la mar para ver si alcanzaba a su amiga, ya a la gruta donde se refugió cuando la perseguían. Allí se echó por tierra y vituperó a las Ninfas de traidoras.

«Al pie de vuestras aras —dijo— fue robada Cloe, y lo visteis y lo sufristeis; Cloe, la que os tejía coronas y la que os ofrecía las primicias de la leche y la flauta que veo allí colgada.

Jamás lobo me robó una sola cabra, y los enemigos me han robado todo el rebaño y la zagala, mi compañera. Desollarán las cabras; sacrificarán las ovejas.

Cloe vivirá lejos en alguna ciudad. ¿Cómo presentarme ahora a mi padre y a mi madre, sin cabras y sin Cloe, y también sin oficio, pues no quedan cabras que guardar? Aquí me voy a quedar aguardando la muerte o algún otro enemigo. Y tú, Cloe, ¿padeces como yo? «¿Te acuerdas de estos prados y de las Ninfas y de mí, o te consuelan las ovejas y las cabras prisioneras contigo?».

Conforme se lamentaba así, entre gemidos y lágrimas, se apoderó de él un profundo sueño y se le aparecieron las tres Ninfas, grandes y hermosas, medio desnudas, descalzas y con el cabello suelto, como las imágenes. Al principio mostraron compadecerse de Dafnis; luego dijo la mayor, confortándole: «No así nos acuses, ¡oh, Dafnis! Más cuidado que a ti nos merece Cloe. De ella nos compadecimos apenas nació, y la criamos cuando fue expuesta en esta gruta. Nada de común tiene ella con los campos ni con las ovejas de Dryas. Ya hemos dispuesto lo que más le conviene. Ni se la llevarán cautiva a Metimna, ni será entregada a los soldados como parte del despojo. El mismo dios Pan, que está sentado bajo aquel pino, si bien jamás le llevasteis vosotros ofrendas de flores, cede a nuestros ruegos y va en auxilio de Cloe, como más avezado que nosotras en los negocios de la guerra, por haber ya militado en muchas, abandonando su agreste retiro. Tremendo enemigo va a caer sobre los metimneños. No te aflijas, pues: levántate y ve a consolar a Lamón y Mirtale, que se revuelcan por el suelo como tú, creyendo que también te llevan cautivo. Mañana volverá Cloe, y con ella las ovejas y las cabras. Aún las guardaréis juntas; aún juntas tocaréis la flauta. De lo otro cuidará Amor».

Al ver y oír Dafnis todo esto, despertó, lloró de alegría a parque de pena y adoró las figuras de las Ninfas, prometiendo sacrificarles la mejor de sus cabras si se salvaba Cloe. Corrió después bajo el pino, donde estaba la imagen de Pan, con patas y cuernos de cabra, en una mano la flauta y con la otra deteniendo un chivo, y le adoró también e intercedió con él por Cloe y le prometió sacrificarle un macho.

Y como casi iba ya a ponerse el sol, sin cesar él en sus lamentos y plegarias, recogió las ramas que había cortado y se fue a su cabaña. Con su vuelta quitó a sus padres un gran pesar, trocándolo en contento. Luego comió un bocadillo y se fue a dormir, no sin llorar aún y suplicar a las ninfas que trajesen pronto el nuevo día, y a Cloe con él, cumpliendo la promesa. La noche aquella le pareció la más larga de todas las noches.

Entretanto, el capitán de los metimneños, no bien hubo navegado cerca de diez estadios, quiso que reposase su gente, fatigada de la correría. Había allí un cerro que avanzaba sobre la mar, abriéndose en forma de media luna, en cuyo seno convidaban las ondas tranquilas con el más seguro puerto. En él anclaron las naves, lejos aún de la costa, a fin de no recelar asalto o sorpresa de villanos, y los metimneños se entregaron en paz a sus deportes. Como traían abundancia de todo, fruto de su rapiña, comieron y bebieron con gran fiesta y algazara para celebrar la fácil victoria.

Así pasaron el día, y no bien los sorprendió la noche, les pareció de repente que toda la tierra se ardía alrededor con llamas y relámpagos, y que se oía en la mar el estrépito impetuoso de remos, como de formidable escuadra que a combatirlos venía. Muchos gritaban a las armas; otros se llamaban mutuamente; éste se cría ya herido; aquél imaginaba que alguien caía muerto a su lado. En suma, todo asemejaba un reñido combate nocturno, sin que hubiese enemigos.

La noche así pasada, amaneció un día más espantoso que la misma noche. Las cabras y los machos de Dafnis llevaban en los cuernos hiedra con sus corimbos, y los carneros y ovejas de Cloe aullaban como lobos. Ella pareció coronada de ramas de pino. En el mar ocurrieron también muchos portentos. No se podían elevar las anclas, que se agarraban al fondo; los remos se rompían al meterlos en el agua para bogar; los delfines, brincando fuera de la mar, azotaban con las colas las naves y desbarataban su trabazón.

Y se oía el sonido de una flauta en la más alta cumbre de la roca; mas no deleitaba como flauta, sino que aterraba a los oyentes como trompa guerrera. De aquí el general sobresalto, el correr a las armas y el miedo de enemigos que no se veían. Todos ansiaban que volviese la noche, esperando que les diese tregua. A nadie que tuviese sano el entendimiento podía ocultarse que tales visiones y ruidos eran obra de Pan, encolerizado contra los marineros; pero no adivinaban el motivo de su cólera, pues no habían saqueado ningún templo de aquel dios. Por último, a eso de mediodía, no sin disposición de lo alto, quedose el capitán dormido, y Pan se le apareció, diciendo:

«¡Oh, los más impíos y malvados de todos los mortales! ¿Cómo os propasasteis a tal extremo en vuestra audacia loca? Llevasteis la guerra a los campos que me son caros; robasteis las vacas, cabras y corderos de que yo cuido, y arrancasteis de mi propio altar a una virgen, de quien Amor quiere componer muy linda historia. Ni a las Ninfas, que os miraban, ni a mí, que soy Pan, habéis respetado. Nunca navegando con tales despojos, volveréis a ver a Metimna ni escaparéis al son de mi flauta aterradora. Os he de anegar y os he de dar por pasto a los peces, si al punto no devolvéis a Cloe a las ninfas, y a Cloe su rebaño, cabras y corderos. Levántate, pues, y pon en tierra a la muchacha con todo lo que te dije. Yo te llevaré luego en salvo por mar, y a ella por tierra».

Todo consternado se despertó con esto Briaxis, así se llamaba el capitán, y llamó a los cabos y principales de las naves, ordenándoles que buscasen sin demora entre los cautivos a la zagala Cloe. Enseguida la hallaron, porque estaba sentada con guirnalda de pino, y la trajeron a la presencia del capitán, quien conoció por las señales que a causa de ella había tenido la visión, y él mismo la llevó a tierra en su mejor barca. Apenas desembarcó la pastorcilla, se oyó de nuevo son de flauta sobre la roca, pero no ya belicoso y espantable, sino suave y pastoril, como para llevar corderos a prado.

Y en efecto, los corderos y las ovejas echaron a correr escaleras abajo, sin tropiezo a pesar de la dureza de sus pezuñas, y las cabras con mayor atrevimiento aún, como acostumbradas a saltar por los vericuetos.

Y todo el rebaño rodeó a Cloe, y en coro se puso a retozar, brincar y balar en muestra de alegría. Las cabras, bueyes y demás ganado de otros pastores se quedaron quietos en el fondo de las naves, como si aquel son no los llamara. Las gentes se maravillaron en grande al ver estas cosas, y celebraron a Pan, quien en mar y tierra obró luego mayores prodigios. Antes de elevar ancla, las naves iban ya navegando. Un delfín, que salía con sus brincos sobre las ondas, guiaba la nave capitana. Suavísima música de flauta conducía cabras y corderos, y nadie veía a quien tocaba. Y todo el rebaño, hechizado con el son, andaba a par que pacía.

Era ya la hora en que se va de nuevo al pasto después de la siesta, cuando Dafnis, que estaba oteando desde una alta atalaya, vio venir el ganado y vio venir a Cloe. Entonces gritó:

«¡Oh, Ninfas «¡Oh, Pan!» Bajó a lo llano, abrazó a Cloe y cayó desmayado de placer. Apenas volvió en sí merced a los besos de Cloe y al dulce calor de sus abrazos, se la llevó bajo el haya donde solían, y sentados contra el tronco, le preguntó de qué suerte se salvó de los enemigos. Ella contó todas las circunstancias: la hiedra de las cabras, los aullidos de las ovejas, la corona de ramas de pino que le ciñó las sienes, y la medrosa noche, y cómo hubo en la tierra fuego, extraño ruido en la mar y dos distintos sones de flauta, uno guerrero y otro pacífico. Dijo, por último, que, ignorante ella del camino, se le indicaba y la guiaba cierta música misteriosa. Bien notó en todo Dafnis el cumplimiento del sueño de las Ninfas y los milagros de Pan, y también refirió él cuanto había visto y oído, y que ya se moría de dolor cuando las Ninfas le salvaron. Después mandó a Cloe a que dijese a Dryas y a Lamón que vinieran con todo lo necesario para hacer un sacrificio.

Él, en tanto, tomó la mejor de sus cabras; la coronó de hiedra, conforme se había mostrado a los enemigos; vertió leche entre sus cuernos; la sacrificó a las Ninfas; la suspendió y la desolló, y colgó la piel en la roca.

Presentes ya Cloe y los que la acompañaban, Dafnis encendió fuego, asó parte de la carne y coció la otra parte, ofreció a las Ninfas las primicias y les hizo una libación con un cántaro lleno de mosto. Dispuso luego lechos de hojas verdes para todos los convidados, y se entregó a beber, comer y jugar con ellos, sin dejar de atender al ganado, no viniese el lobo e hiciese en él de las suyas. Hermosos cantares se cantaron allí en loor de las ninfas, compuestos por pastores antiguos. Venida la noche, todos durmieron al raso o en la gruta. Al salir el sol, se acordaron de Pan; coronaron de pino el manso de la manada y lo llevaron bajo el pino, donde, entre libaciones de mosto y cantos en alabanza del dios, se le sacrificaron, colgándole y desollándole. Las carnes asadas y cocidas las pusieron en el prado sobre hojas verdes.

La piel con los cuernos quedó colgada del pino, junto a la imagen del dios, ofrenda pastoral al dios de los pastores. Le ofrecieron también las primicias de la carne; vertieron vino del cántaro más hondo, y Cloe cantó, y Dafnis la acompañó con la zampoña.

Se recostaron después y se pusieron a comer, cuando por acaso llegó Filetas el vaquero, el cual traía para Pan algunas guirnaldas y racimos de uvas con sarmientos y pámpanos. Le acompañaba su hijo menor, Títiro, rapazuelo de pelo rubio y ojos zarcos, vivo y travieso, y que venía saltando más ágil que un chivo. Se levantaron todos para coronar a Pan y colgaron los racimos en la copa del pino, y luego volvieron a sentarse, convidando a Filetas a que merendase y bebiese con ellos. Ya algo bebidos, se dieron, según es propio de los viejos, a referir casos de sus verdes años, de qué suerte guardaban el hato y de cuántas incursiones de bandidos y piratas habían escapado. Este se jactaba de haber muerto un lobo; aquél de no ceder más que a Pan en tocar la flauta. La última jactancia era de Filetas.

Dafnis y Cloe le rogaron con ahínco que les diese a conocer algo de su arte, tocando la flauta en la fiesta del dios que tanto se huelga de oírla. Filetas consintió en tocar, y si bien lamentándose de que con la vejez le faltaba resuello, tomó la flauta de Dafnis; pero halló que era pequeña para lucir en ella toda su maestría, y sólo propia para la boca de un rapaz, y envió a Títiro en busca de su flauta, aunque distaba su casa diez estadios de allí. El chico soltó la ropa que le estorbaba, y casi desnudo echó a correr como un gamo. Lamón, mientras volvía, se puso a contar la fábula de Siringa, tal cual se la contó un cabrero de Sicilia, a quien dio en pago un cabrón y una zampoña.

«Siringa», dijo, «no era flauta pastoril en lo antiguo, sino virgen hermosa, con buena voz y arte en el canto. Cuidaba cabras, jugaba con las ninfas y cantaba como ahora. Pan, al verla cuidar las cabras, retozar y cantar, se llegó a ella y le pidió que consintiese en lo que él quería, ofreciéndole, en cambio, que sus cabras todas parirían muchos cabritillos gemelos. Ella se burló de este amor y se negó a admitir a un amante que era medio hombre y medio macho de cabrío.

Pan entonces la persiguió para lograrla por fuerza. Huyó Siringa de Pan y de su violento arrojo, y fatigada al cabo, se ocultó en un cañaveral y desapareció en una laguna. Cortó Pan las cañas con furia; sin hallar a la linda moza, halló desengaño e imaginó un instrumento, juntando con cera desiguales cañutos, por ser su amor desigual como ellos. De aquí que la hermosa virgen de entonces hoy sea flauta sonora».

Terminada tenía ya Lamón su historia, y Filetas le alababa por haberla contado con más dulzura que un cantar, cuando apareció Títiro con la flauta de su padre, la cual era grande, hecha de gruesas cañas y con adornos de bronce sobre las pegaduras de cera. Se dijo que era la propia y primera flauta que fabricó Pan. Filetas se levantó, se puso derecho sobre su asiento, y lo primero que hizo fue ensayar si el viento colaba bien por los cañutos, y habiendo notado que el soplo penetraba sin estorbo, sopló con brío juvenil y se oyó al punto como un concierto de muchas flautas; tanto resonaba la suya sola.

Poquito a poco fue luego mitigando aquella vehemencia y convirtiéndola en suave melodía, y mostró allí todo el arte del buen pastoreo musical: lo que agrada a las vacas y bueyes, lo que conviene para las cabras y lo que gusta a las ovejas. Para las ovejas era el son dulce, grave para el ganado vacuno y agudo para el cabrío. Todo esto, obra de diversas flautas, lo imitaba él con sólo la suya.

Recostados, los circunstantes oían la música con delicia y en silencio, hasta que se alzó Dryas y pidió a Filetas que tocase una tonada en loor de Baco para que él bailase un baile de lagar. Bailó, pues, imitando, ora que vendimiaba, ora que acarreaba la uva en cestos, ora que la pisaba, ora que llenaba las tinajas, ora que probaba el mosto. Y todas estas cosas las bailó Dryas con tal primor y claridad, que parecía que se estaban viendo viñas, lagar y tinajas, y al propio Dryas vendimiando y bebiendo.

Así se lució en el baile el tercer viejo, y fue a besar a Dafnis y a Cloe. Estos se alzaron al punto y bailaron el cuento de Lamón.

Dafnis hacía de Pan, y de Siringa, Cloe. Él pedía amor; ella le burlaba desdeñosa; él, sobre las puntas de los pies, para imitar las pezuñas del cabrío, la perseguía corriendo, y Cloe se fingía cansada y se ocultaba, por último, entre unas matas como si fuese en la laguna. Dafnis tomó entonces la gran flauta de Filetas, y tocó ya con débil tono como de suplicante, ya con tono amoroso para persuadir, ya con suave llamada, como buscando y atrayendo a la fugitiva. Maravillado Filetas, se alzó de su asiento, besó al rapaz y, después de besarle, le regaló la flauta, no sin pedir al cielo que Dafnis en su día pudiese dejarla a sucesor semejante.

Dafnis, por último, suspendió su pequeña flauta en el ara de Pan, besó a Cloe como si la volviese a hallar después de una fuga verdadera y se llevó sus cabras, tocando la flauta grande. Como la noche venía ya, Cloe condujo también su rebaño, aprovechándose del mismo son, de suerte que cabras y ovejas iban juntas. Dafnis caminaba cerca de Cloe y ambos platicaron entre sí hasta bien cerrada la noche, concertándose para salir al día siguiente más temprano que de costumbre. Así lo hicieron, en efecto.

Apenas rayó el alba, volvieron al prado y, después de saludar primero a las Ninfas y enseguida a Pan, se sentaron bajo la encina, tocaron juntos la flauta, se besaron, se abrazaron, se acostaron muy juntos y, sin hacer nada más, se levantaron. Pensaron luego en la comida, y bebieron vino con leche.

Algo acalorados con esto, y creciendo también en audacia, se enredaron en amorosa disputa y acabaron por exigirse juramento de fidelidad. Dafnis, acercándose al pino, juró por Pan no vivir un solo día sin Cloe, y Cloe, penetrando en la gruta, juró por las Ninfas ser de Dafnis en vida y en muerte; pero ella, como niña aún, era tan simplecilla que, al salir de la gruta, quiso que Dafnis le hiciese nuevo juramento. «¡Oh, Dafnis!», le dijo, «este dios Pan es travieso y muy poco de fiar». Se enamoró de Pitis, se enamoró de Siringa, no cesa jamás de perseguir a las dryadas y se emplea de continuo en servir y complacer a todas las ninfas pastoriles. Si no cumples la fe jurada, se reirá y no te castigará, aunque te enredes con más queridas que cañutos tiene su zampoña.

Júrame, pues, por tu rebaño y por la cabra que te crió, que no abandonarás a Cloe mientras ella te sea fiel. Y si Cloe te faltare, perjura a ti y a las ninfas, húyela, aborrécela, mátala como a un lobo». En el alma se complació Dafnis de estas dudas de Cloe; y de pie en medio del rebaño, la una mano sobre una cabra y sobre un macho la otra, juró amar a Cloe mientras ella le amara. Y si ella amase a otro, en vez de matarle, matarse él. Cloe se holgó del juramento y le creyó, porque, doncellica y pastora, tenía a las cabras y ovejas por divinidades propias de cabrerizos y zagales.

LIBRO TERCERO

Cuando supieron los de Mitilene la expedición de las diez naves y, por gente que venía del campo, los robos que habían hecho, no juzgaron decoroso sufrir tal afrenta de los de Metimna y resolvieron mover guerra contra ellos con toda rapidez. Levantaron, pues, tres mil infantes y quinientos caballos; y recelosos de la mar en la estación del invierno, los enviaron por tierra, al mando de su general Hipaso.

Este no estragó los campos ni robó ganado ni frutos y enseres de labranza, considerando más propios de bandido que de general tales actos, sino marchó derecho y pronto contra la ciudad de Metimna, esperando sorprenderla con las puertas sin custodia. Ya no distaba de la ciudad más de cien estadios, cuando se presentó un heraldo pidiendo treguas.

Los metimneños habían averiguado por los cautivos que los de Mitilene nada sabían de lo ocurrido, y que eran gañanes y pastores los que habían maltratado a los jóvenes, por lo cual reconocían que se habían atrevido con más acritud que prudencia contra la vecina ciudad, y sólo deseaban devolver el botín, tratarse de amigos y comerciar como antes por mar y tierra. Hipaso, aunque tenía plenos poderes para negociar, envió al heraldo a Mitilene y, acampado a diez estadios de Metimna, aguardó la resolución de sus conciudadanos. A los dos días vino el mensajero con orden de recibir la restitución y de volverse sin causar daño, porque al escoger entre la paz y la guerra, habían hallado la paz más útil.

Así terminó la guerra entre Mitilene y Metimna, con un fin tan inesperado como el principio. Llegó el invierno, para Dafnis y Cloe más que la guerra cruda. De repente cayó mucha nieve: cubrió los caminos y encerró a los rústicos en sus chozas. Con ímpetu se despeñaban los torrentes; se helaba el agua; parecían muertos los árboles, y no se veía el suelo sino al borde de arroyos y manantiales. Nadie, pues, llevaba a pacer el ganado ni se asomaba a la puerta, sino que todos encendían gran candela en el hogar, no bien cantaba el gallo, y ya hilaban lino, ya tejían pelo de cabra, ya tramaban lazos para cazar pájaros. Entonces era menester andar solícitos en dar paja a los bueyes en el tinao, fronda en el aprisco a las cabras y ovejas, y fabuco y bellotas a los cerdos en la pocilga.

Con esta forzosa permanencia dentro de casa, se holgaban los demás pastores y labriegos, porque descansaban algo de sus faenas, comían bien y dormían a pierna tendida. Así es que el invierno se les antojaba más dulce que el verano, que el otoño y hasta que la misma primavera. Pero Dafnis y Cloe, retrayendo a la memoria los pasados deleites; cómo se besaban, cómo se abrazaban y cómo merendaban juntos, se pasaban las noches muy afligidos y sin dormir, ansiosos de que volviese la primavera, que era para ellos volver de la muerte a la vida.

Cuando, por dicha, topaban con el zurrón en que habían llevado la merienda, o veían el cantarillo en que habían bebido, o la zampoña, presente amoroso, abandonada ahora, la pena de ambos se acrecentaba. Con fervor pedían a las Ninfas y a Pan que los librase de tantos males, dejando que ellos y su ganado salieran a tomar el sol; pero a par que pedían, buscaban medio de verse. Cloe andaba con terribles vacilaciones y sin saber qué hacer, porque no se apartaba de la que tenía por madre, aprendiendo a cardar lana y a manejar el huso y escuchándola hablar de casamiento; pero Dafnis, con mayor libertad y más ladino también que la muchacha, inventó esta treta para verla.

Delante de la vivienda de Dryas, contra la propia pared, había dos grandes arrayanes y una mata de hiedra, tan cerca de los arrayanes el uno del otro, que la hiedra que crecía en medio los ceñía, enredando en ambos sus hojas y largos tallos a modo de parra, y formando gruta de tupida verdura. Por dentro colgaban, como racimos en la vid, muchos y gruesos corimbos.

Acudía, pues, allí multitud de pájaros invernizos: mirlos, tordos, palomas zuritas y torcaces, y otros que comen granos de hiedra a falta de mejor alimento. A color de cazar estos pájaros, Dafnis salió de su casa con el zurrón lleno de bollos de miel, y llevando asimismo, para que le dieran más crédito, lazos y liga. Su habitación distaba de la de Cloe cerca de diez estadios, pero la nieve, no bien endurecida, hubiera hecho trabajoso el camino, si no fuese que para Amor todo es llano: fuego, agua y nieve de Escitia. Dafnis, pues, se plantó de una carrera a la puerta de Dryas; sacudió la nieve de los pies, tendió lazos, colocó largas varillas untadas con liga y se puso en acecho de los pájaros y también de Cloe. En cuanto a los pájaros, acudieron muchos y quedaron presos. No corta tarea tuvo Dafnis en cogerlos, matarlos y desplumarlos. Pero nadie salía de la casa, ni hombre ni mujer, ni gallo ni gallina. Todos, sin duda, estaban dentro, sentados al amor de la lumbre. Dafnis vacilaba; temía haber salido a pájaros con malos auspicios, y no se atrevía, no obstante, a imaginar un pretexto para entrar en la casa, cavilando dónde hallar el más plausible.

«Pediré candela —¿Cómo es eso? ¿No tienes a nadie más cerca a quien pedirla? —Pediré pan. —Tu zurrón está bien provisto. Diré que me falta vino. —Hace poco que hiciste la vendimia. Un lobo me persigue. –¿Dónde están las huellas de ese lobo? Vine a cazar pájaros. —Pues vete, ya que los has cazado. Quiero ver a Cloe. –No es fácil declarar esto al padre y a la madre de la muchacha. Más vale callarse. No hay cosa que no excite las sospechas. Me iré. Veré a Cloe esta primavera. No consienten los hados, a lo que barrunto, que yo la vea en invierno».

Así discurría para sí, y recogiendo lo que había cazado, se disponía a partir, cuando, por misericordia de Amor, ocurrió lo que sigue:

Estaban a la mesa Dryas y su familia. Se distribuía la carne, se repartía el pan y el jarro se llenaba de vino, en ocasión de que uno de los perros del ganado, aprovechándose del descuido de los dueños, cogió un pedazo de carne y huyó con él fuera de casa. Irritado Dryas, tanto más que la carne robada era su ración, agarra un palo y corre tras el rastro del perro, como otro perro.

En esta persecución, pasa cerca de la hiedra y los arrayanes; ve a Dafnis, que se echaba ya al hombro su presa, resuelto a irse; olvida al punto carne y perro, y exclamando en alta voz: «¡Salud! ¡Oh, hijo mío!», le abraza, le besa, le toma de la mano y le hace que entre en su morada. Poco faltó para que, al verse Dafnis y Cloe, no cayesen ambos al suelo. Procuraron, no obstante, tenerse firmes; se saludaron y se volvieron a besar, y esto casi fue arrimo para no caer ambos.

Después que logró Dafnis, contra su esperanza, ver y besar a Cloe, se sentó junto al hogar; puso sobre la mesa las palomas y los mirlos que traía al hombro, y contó que, harto de encierro casero, había salido a coger pájaros, y de qué modo había cogido, ya con lazo, ya con liga, los que venían a picar en la hiedra y en los arrayanes. Los allí presentes alabaron mucho su habilidad y le convidaron a comer de lo que el perro había dejado. Cloe, por orden de sus padres, le escanció la bebida, y con alegre rostro sirvió a los otros primero, y a Dafnis el último, fingiéndose muy enojada de que, habiendo él venido hasta allí, iba a irse sin verla.

A pesar del enojo, Cloe, antes de presentar el vaso a Dafnis, bebió un poco y le dio lo demás. Dafnis, aunque sediento, bebió con lentitud para que durase más y fuese mayor su deleite.

Limpia ya la mesa de pan y de carne, y aún sentados a ella, le preguntaron por Mirtale y Lamón, y los declararon felices de tener en su vejez tal apoyo; encomio que gustó en extremo a Dafnis por escucharle Cloe. Le rogaron después que se quedase allí hasta el día siguiente, porque tenían que hacer un sacrificio a Baco, y Dafnis, de puro contento, por poco los adora como si fuesen el dios. A escape sacó de su zurrón cuanto bollo de miel en él traía, y dio a guisar para la cena los pájaros que había cazado. Se llenó de nuevo el jarro de vino; se atizó y encandiló el fuego y, apenas llegó la noche, se pusieron otra vez a la mesa, donde se divirtieron contando cuentos y entonando canciones, hasta que los ganó el sueño y se fueron a dormir, Cloe con su madre y Dafnis con Dryas. Cloe se complació con la idea de volver a ver por la mañana a Dafnis y Dafnis, lleno de satisfacción de dormir con el padre de Cloe, lo abrazó y besó muchas veces, soñando que a Cloe abrazaba y besaba.

Al amanecer era el frío atroz, y el viento del Norte todo lo helaba. De pie ya la gente, sacrificó a Baco un borrego añal; encendió lumbre y preparó el almuerzo. Mientras Napé amasaba el pan y Dryas guisaba el borrego, Dafnis y Cloe, estando de vagar, salieron de la casa bajo los arrayanes y la hiedra y, tendiendo lazos otra vez y poniendo liga, pillaron multitud de pájaros. Durante la caza fue aquello un no cesar de besarse, entreverando los besos con pláticas, también sabrosas. «—Por ti vine, Cloe. —Lo sé, Dafnis. —Por ti mato estos mirlos sin ventura. ¿En qué aprecio me tienes? ¿Te acordaste siempre de mí? —¡No me había de acordar! Así me quieran bien las ninfas, por quienes juré en la gruta, adonde concurriremos apenas se derrita la nieve. —Pero cuánta hay, ¡oh, Cloe! Yo temo derretirme antes que ella.

—Anímate, Dafnis, el sol calienta ya mucho. —Ojalá que ardiese con la viva llama en que arde mi corazón. —Me burlas con lisonjas y luego me engañarás. —Nunca; por las cabras, por las que quisiste que te lo jurase.»

Así charlaban, respondiendo Cloe a Dafnis como un eco, cuando los llamó Napé, y ellos entraron con más abundante caza que la víspera. Hicieron luego una libación a Baco y comieron coronados de hiedra. Llegó, por último, la hora, y no sin cantar antes alegres himnos en loor del dios, despidieron a Dafnis, llenando su zurrón de carne y de pan. Le devolvieron, además, los tordos y las palomas, para que se regalasen comiéndolos Lamón y Mirtale, ya que ellos cazarían más en cuanto durase el invierno y no faltase hiedra para añagaza. Dafnis, al irse, besó primero a los padres, y a Cloe la última, a fin de guardar en toda su pureza el dejo del beso. En adelante volvió Dafnis por allí no pocas veces, valiéndose de otras artimañas, de modo que el invierno no se pasó del todo mal.

Apenas renació la primavera, se derritió la nieve, se descubrió el suelo y la hierba retoñó; salieron todos los zagales a apacentar sus ganados, y antes que todos, Dafnis y Cloe, como siervos que eran del pastor más poderoso. Lo primero fue correr a la gruta de las Ninfas, luego a Pan y al pino y, por último, bajo la encina, donde se sentaron, mirando pacer y besándose. Buscaron flores para coronar a las ninfas, y aunque las flores apenas empezaban a entreabrirse, acariciadas por el céfiro y reanimadas por el sol, hallaron narcisos, violetas, corregüelas y otras vernales primicias. Con estas flores coronaron las imágenes e hicieron ante ellas libaciones de la nueva leche de sus ovejas y sus cabras. Tocaron también la flauta como para competir con los ruiseñores, quienes respondían de entre la enramada, expresando poco a poco el nombre de Itys, cual si tratasen de recordar el canto después de tan largo silencio.

Por dondequiera balaba el ganado; los corderillos ya retozaban, ya se inclinaban bajo las madres para chupar el pezón de la ubre, y los moruecos perseguían a las ovejas que aún no habían tenido cría, y cada uno cubría la suya. Las cabras eran también perseguidas por los machos con más lascivos saltos, y los machos reñían por ellas, y cada cual tenía sus cabras, y cuidaba de que no viniera otro y a hurto las gozase. Tales escenas, cuya vista hubiera remozado y enardecido a los helados viejos, enardecían más a estos mozos, llenos de fervor y de brío. Y anhelando hallar, desde hacía tiempo, el fin del Amor, lo que oían los abrasaba, lo que veían los amartelaba, y todo los inducía a buscar algo de más rico y satisfactorio que el beso y el abrazo. Lo buscaba singularmente Dafnis, quien por el reposo casero y holganza del invierno estaba rijoso y lucio, y con el beso se emberrenchinaba, y con el abrazo se alborotaba, y al ejecutar las cosas, era ya más curioso y atrevido.

Pedía, pues, a Cloe que se prestase a cuanto él quisiera, y que lo de acostarse juntos desnudos fuese por más tiempo que antes, ya que esto era lo que faltaba hacer bien de cuanto les enseñó Filetas, como único remedio para calmar el amor. Cloe le preguntó qué imaginaba él que habría más allá del beso, del abrazo y hasta del acostarse juntos, y qué resolvía hacer si volvían a la yacija desnudos ambos. «—Lo que hacen los moruecos con las ovejas, y con las cabras los machos —contestó él. —Mira cómo, después de la obra, ni las ovejas huyen ni los carneros se cansan en perseguirlas, sino que pacen quietos y juntos, como satisfechos de un común deleite. Dulce, a lo que entiendo, es la obra, y vence lo amargo de amor. —¿No reparaste, repuso Cloe, que las ovejas y los carneros, las cabras y sus machos, hacen esas cosas de pie, saltando ellos encima y sosteniéndolos ellas? ¿Para qué, pues, he de tenderme contigo desnuda? ¿No está el ganado más vestido que yo con su pelo y con su lana?». Dafnis no pudo menos que convenir en que sí era. Se tendió, no obstante, al lado de Cloe y meditó largo rato, sin atinar con el modo de calmar la vehemencia de su deseo.

Hizo después que ella se alzara, y la abrazó por detrás, imitando a los carneritos; pero con esto nada logró, quedando más confuso y echándose a llorar al ver que para tales negocios era más rudo que las bestias.

Tenía Dafnis por vecino a un labrador propietario, llamado Cromis, sujeto ya de edad madura, quien había traído de la ciudad a una mujercita linda, de pocos años, con gustos más delicados y más cuidadosa de su persona que las campesinas. Esta tal, que se llamaba Lycenia, con ver de diario a Dafnis cuando llevaba por la mañana las cabras al pasto y cuando por la noche las recogía a la majada, entró en codicia de tomarle por amante, engatusándole con regalillos y tan acechona anduvo, que consiguió hablar con él a solas, y le dio una flauta, un panal de miel y un zurrón de piel de venado; si bien se avergonzó y vaciló en declararse, conjeturando que él amaba a Cloe, al verle siempre tan empleado en servirla. Al principio, sólo presumió esta inclinación por risas y señas que sorprendió entre ambos; pero luego pretextó con Cromis que iba a visitar a una vecina que estaba de parto. Los siguió una mañana; se recató entre zarzas, para que ellos no la viesen, y vio cuanto hicieron, y escuchó cuanto dijeron sin ocultársele siquiera el llanto de Dafnis. Compadecida entonces, creyó propicia la ocasión de hacer dos veces el bien, mostrando el camino de salvación a aquellos cuitadillos y logrando ella su gusto.

Con tal propósito, salió al día siguiente, como para ir a ver de nuevo a la partida, y se fue derecha a la encina donde Dafnis y Cloe se sentaban. Fingiéndose con primor toda consternada. «¡Sálvame —dijo—, oh, Dafnis! ¡Ay, infeliz de mí! ¡Un águila me ha robado el más hermoso de mis veinte gansos! Fatigada con tal peso, no he podido volar hasta lo alto de aquel peñón, donde anida, y se bajó con su presa a lo hondo del soto. Te lo ruego por Pan y las Ninfas: entra conmigo en la espesura; liberta mi ganso. Mira que no me atrevo a entrar sola, de puro medrosa. No dejes que se descabece mi manada. ¿Quién sabe si de paso no matarás el águila, y con eso ya no robará corderos y cabritos? Mientras, guardará Cloe ambos rebaños. Harto la conocen las cabras de verla siempre en tu compañía».

Dafnis, sin prever nada de lo que iba a pasar, se levantó muy listo, empuñó su cayado y siguió a Lycenia. La llevo ésta lejos de Cloe, a lo más intrincado y esquivo del soto, y allí le mandó que se sentase a su lado, cerca de una fuentecilla. «¡Oh, Dafnis! —le dijo—, tú amas a Cloe. Anoche me lo revelaron las ninfas. Se me aparecieron en sueño; me informaron de tus lágrimas de ayer y me ordenaron que te salvase, enseñándote las obras de Amor, las cuales no estriban sólo en beso y en abrazo y en remedar a los carneros, sino en brincos y retozos más dulces, y cuyo deleite dura más. Así, pues, si quieres desechar el mal que te aflige y conocer por experiencia los gustos que anhelas, entrégate a mi cuidado cual aprendiz sumiso, y yo, por gracia y merced de las Ninfas, seré tu maestra».

Dafnis, sin refrenar su alegría, como cabrerillo cándido y rapaz enamorado, se arrodilló a los pies de Lycenia y le suplicó que cuanto antes le enseñase aquel oficio para ejercerlo luego con Cloe. Y como si fuera algo raro y revelado por el cielo lo que Lycenia le había de enseñar, prometió darle en pago un chivo, quesos frescos de nata y hasta la cabra misma. Halló Lycenia aquella liberalidad pastoril más sencilla y grata de lo que presumía, y empezó enseguida a instruir a Dafnis. Le mandó que volviese a sentarse a la verita de ella; que le diese besos, tales y tantos como él solía dar; que, mientras la besaba, la abrazase y, por último, que se tendiese a la larga. Luego que se sentó, y que besó, y que se tendió, habiéndose cerciorado ella de que todo estaba alerta y en su punto, hizo que él se levantase de un lado, y se deslizó con suma destreza debajo de él, poniéndole en el camino por tanto tiempo buscado en balde. Después nada hubo fuera de lo que se usa. La naturaleza misma enseñó a Dafnis lo demás.

Terminada la lección amatoria, Dafnis, que guardaba su candor pastorial, quiso correr en busca de Cloe para hacer con ella lo que acababa de aprender, harto temeroso de que con la tardanza se le olvidase; pero Lycenia le contuvo diciendo: «Otra cosa te importa saber, ¡oh, Dafnis! A mí, como soy mujer, no me hiciste daño alguno, porque ya otro hombre me enseñó el oficio y tomó mi doncellez en pago; pero Cloe, cuando luchare contigo esta lucha, gemirá, llorará y derramará sangre como si estuviese herida. No por ello te asustes, sino cuando la persuadas a que se preste a todo, tráetela a este sitio, para que si grita, nadie la oiga; si llora, nadie la vea, y si derrama sangre, se lave en la fuente. No te olvides, por último, de que yo te he hecho hombre antes de Cloe».

No bien Lycenia dio estos preceptos, se fue por otro lado del soto, como si buscase el ganso todavía.

Dafnis, en tanto, con la preocupación de lo que había oído, cejó de su primer ímpetu, y no se atrevió a perturbar a Cloe sino con el beso y el abrazo, a fin de que no gritase como perseguida de enemigos, ni llorase como lastimada, ni como herida vertiese sangre, pues escarmentado él por los recientes lances de la guerra, tenía miedo de la sangre, y sólo de heridas imaginaba que saliese. Así fue como tomó la determinación de no deleitarse con ella sino en lo que tenía por costumbre; y, dejando el soto, volvió al lugar donde ella estaba sentada, tejiendo guirnaldas de violetas; le refirió que había arrancado de las garras mismas del águila el ganso de Lycenia, y la besó apretadamente como Lycenia le había besado en el deleite, ya que esto no pensaba que trajese peligro. Ella ajustó a la cabeza de él las guirnaldas de violetas y le besó el cabello, a su ver más que las violetas precioso. Luego sacó del zurrón pan de higos y bollos, y se los dio a comer; y, conforme él comía, se lo quitaba ella de la boca y comía a su vez, como los pajarillos pequeñuelos comen del pico de la madre.

Mientras comían, y más que comían, se acariciaban, se descubrió una barca de pescadores que bogaba no lejos de la costa. No hacía viento; la calma era completa, y era menester remar. Los pescadores remaban con gran empuje para llevar fresco el pescado a gentes ricas de la ciudad. Lo que suelen hacer los marineros para engañar o aliviar sus fatigas, lo hacían éstos también a par que remaban: uno de ellos llevaba la voz y entonaba un cantar marino, y los restantes, por marcados intervalos, unían en coro sus voces en consonancia con la del principal cantor. Cuando iban por alta mar, el canto se perdía en la extensión y se desvanecía en el aire; pero cuando doblaron la punta de un escollo y entraron en una ensenada profunda, en forma de media luna, se oyó mejor la música y sonó más claro en tierra el estribillo de los navegantes. En el fondo de aquella ensenada había una garganta o estrechura de cerros, donde se colaba el son como en un cañuto; luego, una voz imitadora lo repetía todo: ya repetía el ruido de los remos, ya repetía el cantar; y era cosa de gusto el oírlo, pues primero llegaba el son que venía directo de la mar, y el son que venía directo de la tierra llegaba más tarde.

Dafnis, que sabía lo que era aquello, sólo atendía a la mar; se embelesaba al ver la barca, que más volaba que corría, y procuraba retener algo de aquellos cantares para tocarles luego en su flauta. Pero Cloe, que hasta entonces no había oído eso que llaman eco, ya miraba hacia la mar para ver a los que cantaban, ya se volvía hacia el bosque buscando a los que respondían; y cuando pasó la barca y sobrevino silencio en la mar y en el valle, preguntó a Dafnis si más allá del escollo había otra mar, y otra nave que bogaba, y otros marineros que cantaban, y por qué ya callaban todos. Dafnis sonrió con dulzura; la besó con más dulce beso; ciñó a sus sienes la guirnalda de violetas y empezó a contarle la fábula de Eco, no sin concertar antes que ella le diese diez besos más en pago de la enseñanza.

«Hay —dijo—, niña mía, muchas castas de ninfas. Las hay de las praderas, de los bosques y de los lagos; todas bellas; músicas todas. Hija de Ninfa fue Eco; mortal, por serlo su padre; hermosa, cual de hermosa madre nacida. Las ninfas la criaron. En tocar la flauta, en pulsar la lira y la cítara, y en toda clase de cantar, tuvo a las Musas por maestras. Así es que, cuando llegó a la flor de su mocedad, con las ninfas danzaba y con las musas cantaba;

pero huía de todo varón, ya dios, ya hombre, por amor de la doncellez. Pan se enfureció contra ella, envidioso de su música y desdeñado de su hermosura, e infundió su furor en el alma de los pastores. Estos, como perros o lobos, la despedazaron mientras cantaba, y esparcieron por toda la tierra sus miembros llenos de armonía. Y la tierra los escondió en su seno por complacer a las ninfas, y dispuso que conservasen la virtud de cantar. Las Musas, por último, decretaron que lo imitasen todo en la voz, como la doncella hizo cuando vivía: hombres, dioses, instrumentos y fieras; que imitasen, en suma, a Pan mismo cuando toca la flauta. Pan, apenas le oye, brinca y corre por las montañas, no ya porque ame a la Ninfa, sino anhelando averiguar quién es su discípulo oculto».

En premio de la historia, Cloe dio a Dafnis no sólo diez, sino muchos más besos, y Eco casi la repitió, como para dar testimonio de que no era mentira.

El sol calentaba más cada día, porque había pasado la primavera y empezaba el verano. Los pasatiempos de ambos eran propios de la nueva estación. Él nadaba en los ríos, ella se bañaba en las fuentes; él tocaba la flauta a porfía con el viento que resonaba en los pinos, ella cantaba en competencia con los ruiseñores; ambos cogían saltamontes y parleras cigarras, formaban ramilletes de flores, sacudían los árboles o trepaban a ellos y se comían la fruta. Al cabo se acostaban desnudos en una piel de cabra. Pronto Cloe hubiera sido mujer si la sangre no aterrase a Dafnis, quien, receloso con frecuencia de no ser dueño de sí, impedía a Cloe que se desnudara. Ella se pasmaba, si bien por vergüenza no preguntaba la causa. En aquella estación se presentó para Cloe un enjambre de novios. De muchas partes acudían a Dryas, pidiéndosela por mujer; unos traían buenos presentes; otros los prometían mejores. Así fue como Napé, estimulada por las promesas, era de opinión de casar a Cloe cuanto antes, y no guardar por más tiempo a mozuela ya tan granada, la cual, el día menos pensado, perdería su doncellez en medio del campo y se casaría por manzanas y flores con un pastor cualquiera; que lo más conveniente sería hacerla pronto señora de su casa, aceptar los presentes y guardarlos para el hijo legítimo de ellos, que no hacía mucho les había nacido. Dryas se dejaba vencer a menudo de tales razones, ya que le ofrecían prendas de más valer que las que suelen ofrecerse por una pobre zagala; pero, pensando luego que la muchacha valía demasiado para casarse con un rústico, y que si hallaba un día a sus verdaderos padres, éstos los harían dichosos a todos, se resistía siempre a responder, y así iba dando largas al asunto, no sin aprovecharse mientras de no pocos presentes.

Al saber estas cosas, tuvo Cloe gran pesar, si bien se le ocultó a Dafnis por temor de afligirle. Viendo, no obstante, que él la importunaba con preguntas, y que ya estaba más triste de no saber nada de lo que pudiera estar de saberlo todo, se atrevió al fin a contárselo. Le habló de los novios, muchos y ricos; de las razones que daba Napé para apresurar la boda, y de que Dryas no mostraba oponerse, sino que lo demoraba para las próximas vendimias.

Dafnis, con tales nuevas, estuvo a pique de perder el juicio; se echó por tierra, lloró y afirmó que él se moría si Cloe le faltaba, y no sólo él, sino que también se morirían los carneros sin tal pastora. Después, reflexionándolo mejor, cobraba ánimo y resolvía hablar al padre de ella y ponerse en la lista de los pretendientes, esperando vencerlos. Sólo una cosa le sobresaltaba: que Lamón no era rico. Esto debilitaba mucho su esperanza. Se decidió, con todo, a pedir a Cloe, y ella convino en que lo hiciese. Nada al principio se atrevió a decir a Lamón; pero, confiando más en Mirtale, le descubrió su amor y le dijo que quería casarse con Cloe. Mirtale lo participó todo a Lamón por la noche.

Este recibió con dureza la noticia, y regañó a su mujer porque quería casar con una hija de pastores a un muchacho que había de tener grandes riquezas, si no mentían las prendas halladas, y que a ellos, si venían a descubrirse los padres, los haría hombres y dueños de mayores campos. Mirtale, temerosa de que Dafnis, por despecho amoroso y perdida toda esperanza de boda, osara darse muerte, alegó otros motivos menos importantes que los que había dado Lamón. —Somos pobres —le dijo—, hijo mío, y necesitamos novia que más bien traiga algo que no que se lo lleve. Ellos son ricos, pero quieren novios ricos. Ve, no obstante; convence a Cloe, y haz que Cloe convenza a su padre, a fin de que no pidan mucho y te la den. Ella te ama, y sin duda gustará más de acostarse con un buen mozo pobre que no con un jimio rico».

No esperaba Mirtale que Dryas diese nunca su consentimiento, disponiendo, como disponía, de más ricos novios, que le ofrecían buenos presentes.

Dafnis no tenía que argüir contra lo dicho por su madre; pero se afligió mucho, e hizo lo que suelen hacer los enamorados pobres: lloró, y pidió auxilio a las Ninfas. Ellas volvieron a aparecérsele por la noche, mientras dormía, en la propia forma que la primera vez, y la mayor le dijo: «A otro dios incumbe tratar de tu boda con Cloe. Nosotras te daremos con qué ablandar a Dryas. La nave de los mancebos de Metimna, cuya amarra de mimbre se comieron tus cabras, se fue aquel día muy lejos de tierra, empujada por el viento; más por la noche sopló viento contrario: alborotó la mar y arrojó la nave contra unos altos peñascos. La nave pereció, y con ella cuanto encerraba, salvo una bolsa con tres mil dracmas, que con los restos de la nave trajo a la costa la onda, y está allí oculta entre algas, cerca de un delfín muerto, por lo cual nadie de los que pasan se ha aproximado, huyendo del hedor de aquella podredumbre. Ve allí, toma la bolsa y dásela. Así conviene, para acreditar, por lo pronto que no eres pobre. Ya vendrá tiempo en que seas rico».

Dicho esto, desaparecieron las Ninfas en la noche. Cuando vino el día, se levantó Dafnis rebosando de gozo; llevó sus cabras al pasto con la mayor premura y, después de besar a Cloe y de adorar a las Ninfas, se fue hacia la mar, como si quisiera ser rociado por las olas.

Allí, por la orilla y sobre la arena, vagaba en busca de los tres mil dracmas. No empleó largo tiempo ni fatiga en hallarlos. El delfín no olía bien, y su podredumbre le dio en las narices y le guió por el camino hasta llegar al sitio indicado. Ya en él, apartó las algas y descubrió la bolsa llena de dinero. La recogió, la guardó en el zurrón y, antes de irse, dio gracias por todo a las Ninfas y a la misma mar, pues, aunque cabrero, le parecía la mar más dulce que la tierra, desde que le ayudaba para conseguir casarse con Cloe.

Dueño de los tres mil dracmas, nada creía que le faltaba ya. Se consideraba, no sólo más pudiente que los labriegos de por allí, sino más rico que todos los hombres.

Se fue al punto donde estaba Cloe; le contó el sueño; le mostró la bolsa; le rogó que estuviese a la mira del ganado durante su ausencia, y corrió con gran denuedo en busca de Dryas, a quien halló en la era, trillando trigo con su mujer Napé, y a quien dijo estas valerosas palabras: «Dame a Cloe por mujer. Yo sé tañer la zampoña con maestría, podar viñas y plantar árboles. Sé también arar la tierra y aventar la mies con el bieldo. En lo tocante al pastoreo, pregúntale a Cloe. Cincuenta cabras me entregaron, y ya tengo el doble número. He criado también grandes y hermosos machos, cuando antes era menester llevar las cabras a que otros las padreasen. Soy muy mozo aún, vecino vuestro y de irreprensible conducta. Me crió una cabra, como a Chloe una oveja. Si en todo esto me aventajo a los demás novios, en generosa largueza no he de quedarme tampoco atrás. Ellos te dan tal o cual cabra u oveja, o alguna yunta de bueyes con roña, o acechaduras de trigo para mantener unas cuantas gallinas. Yo, en cambio, te doy estas tres mil monedas. Pero no se lo digas a nadie, ni a mi padre Lamón». Y al dar el dinero, abrazó y besó a Dryas.

Este y Napé, al recibir, sin esperarlo, tamaña suma, prometieron enseguida a Dafnis que le darían a Cloe y que tratarían de persuadir a Lamón. Dafnis se quedó con Napé, haciendo andar a los bueyes sobre la parva y desmenuzando espigas con el trillo, mientras que Dryas, después de guardar la bolsa y el dinero, se fue más que deprisa a ver a Lamón y a Mirtale, contra todo uso y costumbre, para pedirles al novio. Hallándose éstos midiendo cebada, que acababan de cribar, y lamentándose de que apenas habían cogido lo que sembraron. Dryas pensó en consolarlos con asegurar que era general la mala cosecha, y luego pidió a Dafnis para marido de Cloe, diciendo que otros le daban mucho, pero que él prefería no tomar nada de Lamón y Mirtale, sino que se sentía inclinado a socorrerlos con su propia hacienda. «Además —añadió—, los chicos han crecido viéndose siempre; cuidando del hato se han encariñado de manera que no es fácil separarlos, y ya están ambos en edad de dormir juntos». Estas y otras razones, no menos persuasivas, alegó Dryas, como quien había tomado tres mil dracmas para persuadirlos.

Lamón no podía excusarse con la pobreza, porque los padres de la novia no le desdeñaban por pobre, ni con la poca edad de Dafnis, que era ya un garzón muy apuesto.

La verdad, no quería confesarla. No osaba decir con que consideraba a Dafnis mejor partido. Se calló, pues, por un rato, y al cabo respondió así:

«Noble es vuestro proceder al dar a los vecinos preferencia sobre los extraños, y al poner por cima de la riqueza a la pobreza honrada. Que Pan y las Ninfas os concedan en premio su amor. En cuanto a mí, no deseo menos que vosotros la boda. Loco estaría yo si no desease amistad y unión con vuestra familia, cuando me hallo tan cerca de la vejez y necesito brazos y auxilio para mis faenas. De Cloe no hay más que pedir: linda zagala en la flor de su edad, y buena como pocas. Lo malo es que yo soy siervo, y de nada dispongo. Debo, pues, informar a mi amo para que dé su permiso. Diferimos la boda para el otoño. Para entonces dicen los que llegan de la ciudad que vendrá el amo por aquí. Para entonces serán marido y mujer; ámense entretanto como hermanos. Entiende con todo, ¡oh Dryas, que vas a tener un yerno que vale más que nosotros!»

Dicho esto, le besó y le ofreció de beber, porque estaban ya en todo el fervor del mediodía, y le acompañó un buen trecho de camino, con mil atenciones y muestras de afecto.

No oyó en balde Dryas las últimas palabras de Lamón, y mientras caminaba iba cavilando así sobre quién sería Dafnis: «Le crió una cabra, cual si por él velasen los dioses. Es hermoso, y en nada se parece a ese vejete chato y a esa mujerzuela pelona. Se proporcionaron tres mil dracmas, y no hay zagal que logre reunir otros tantos piruétanos.

¿Le expondría alguien como a Cloe? ¿La encontraría Lamón como yo la encontré, con prendas parecidas y a propósito para un futuro reconocimiento? ¡Oh, venerado Pan y ninfas muy amadas, permitid que así sea! «Tal vez, si él descubre a sus padres, logrará que Cloe sea también reconocida por los suyos». Así iba Dryas discurriendo y soñando hasta que llegó a la era, donde esperaba Dafnis, ansioso de oír las nuevas que traía.

Le dio ánimo, llamándole yerno; le prometió que las bodas se celebrarían en el otoño, y le estrechó la mano en señal de que Cloe no sería de otro, sino suya.

Más veloz que el pensamiento, sin comer ni beber, corrió Dafnis en busca de Cloe. Estaba ella ordeñando y haciendo quesos, y él le anunció la buena nueva. De allí en adelante la besaba, sin recatarse, como a su futura; compartía sus afanes; recogía la leche en colodras; apretaba los quesos en zarzos y ponía a mamar bajo las madres a cabritillos y corderos. Después de cumplir bien con su oficio, los dos se bañaban, comían, bebían e iban a coger fruta en sazón. Había entonces gran abundancia de ella, por ser el momento más fértil del verano: manzanas a manta, peras, acerolas y membrillos. Fruta había caída por el suelo; otra, pendiente aún en el árbol: la caída, más olorosa; más lozana y fresca a la vista la que de las ramas colgaba. Esta relucía como el oro; aquélla embriagaba con su olor como el vino. Entre los frutales se veía uno, tan esquilmado ya, que no tenía ni fruta ni hoja. Desnudas estaban todas sus ramas.

Una manzana sola pendía aún en la cima, grande,

hermosa, y venciendo a las demás en fragancia. Quizá quien hizo el esquilmo no se atrevió a subir tan alto para cogerla; quizá la dejó por descuido; quizá la bella manzana se guardaba allí para un pastor enamorado.

Apenas la vio Dafnis, quiso subir a alcanzarla. Cloe se opuso, pero él no hizo caso; y desatendida ella, se fue con enojo donde estaba el rebaño. Dafnis, en tanto, subió a alcanzar la manzana; se la trajo a Cloe, y le dijo para quitarle el enojo: «Esta manzana, ¡oh virgen!, es creación de las Horas divinas; árbol fecundo le dio sustento; el sol la maduró y sazonó; nos la conserva la Fortuna. Ciego y necio hubiera sido yo si no la hubiera visto y si la hubiera dejado para que, o bien viniese a caer por la tierra, la pisoteasen las reses y la envenenasen los reptiles, o bien permaneciese en la cumbre hasta que el tiempo la acabara, sin más fin que admiración estéril. Venus recibió una manzana en premio por su hermosura. Toma tú esta por galardón de igual victoria. Ambas sois bellas, y de condición semejante son vuestros jueces, pastor él y yo cabrero».

Esto dijo y le echó la manzana en el regazo. No bien se acercó, la besó ella. Él no se arrepintió de la audacia de haber subido tan alto por un beso más rico que la manzana de oro.

LIBRO CUARTO

Por aquel tiempo llegó de Mitilene un siervo, compañero de Lamón, a quien anunció que poco antes de la vendimia vendría el amo para ver qué daños había causado en sus tierras la incursión de los metimneños. Y como ya iba yéndose el verano y el otoño se venía encima, Lamón se afanó por disponer un recibimiento en el que todo fuera grato a los ojos. Limpió las fuentes para que el agua corriese pura y cristalina; sacó el estiércol del establo y corrales para que no molestara su mal olor y aderezó el huerto para que pareciese más ameno.

El huerto era de suyo lindísimo y digno de un rey. Medía en longitud más de un estadio; estaba en una altura y contenía sobre cuatro yugadas de tierra. Semejaba extenso llano, y había en él toda clase de árboles: manzanos, arrayanes, perales, granados, higueras y olivos. En algunos puntos la vid trepaba a los árboles y, enlazada a ellos, lucía sus frutos en competencia con manzanas y peras.

Esto en cuanto a los frutales; pero también había allí árboles selváticos y de sombra, como cipreses, lauros, adelfas, plátanos y pinos; en todos los cuales, en vez de la vid, se entrelazaba la hiedra, cuyos corimbos, que eran grandes y negreaban ya, remedaban racimos de uvas. Las plantas que daban fruta estaban en el centro, como para mayor defensa; las estériles, en torno, como muralla. Lo rodeaba y amparaba toda una débil cerca o vallado. No había cosa que no estuviese con cierto orden y primor. Los troncos, separados de los troncos, y en lo alto, mezclándose las ramas y confundiéndose el follaje. Diríase que el Arte se había esmerado a porfía con la Naturaleza. Había en cuadros y eras multitud de flores, que la tierra daba de sí sin cultivo, o que la industria cultivaba: rosas, azucenas y jacintos, criados por la mano del hombre; violetas, corregüelas y narcisos, espontáneamente nacidos. Allí había, en suma, sombra en estío, flores en primavera, frutos en toda estación, y los más deliciosos y exquisitos en otoño.

Desde allí se oteaba la ancha vega, y se contemplaban pastores y ganados, y se descubría la mar, y se veían los que por ella iban navegando, lo cual no era pequeña parte de los gustos con que brindaba aquel huerto. En el centro mismo, así de lo largo como de lo ancho, se levantaban un templo y un ara de Baco; el ara, revestida de hiedra, y de pámpanos el templo, por fuera. La historia del dios estaba dentro pintada: Semele, pariendo; Ariadna, dormida; encadenado, Licurgo; despedazado, Penteo; vencidos, los indios; los tirrenos, transformados Por donde quiera, los sátiros; por donde quiera, las bacantes, que danzaban. Ni faltaba allí Pan, quien, sentado sobre una piedra, tañía la zampoña, y daba el mismo son y compás al pisoteo de los sátiros en el lagar y al baile de las ménades.

Tal era el huerto que Lamón se afanaba por cuidar, podando las ramas secas y enredando en festones la vid a los árboles. A Baco le coronaban de flores. Derivaba sin dificultad el agua por las limpias acequias. Había una fuente, que Dafnis había descubierto, la cual regaba las flores. La llamaban la fuente de Dafnis.

Lamón, por último, encomendó a éste que engordase las cabras lo más que pudiera, porque el amo, que no había venido en tanto tiempo, iba ahora a verlo todo. Muy confiado estaba Dafnis en que alcanzaría grandes elogios por las cabras. Las tenía en doble número de las que le habían entregado; el lobo no se había llevado ninguna, y todas estaban más lucias y medradas que las ovejas. Deseoso, no obstante, de hacerse propicio al amo para que consintiese en la boda, ponía el mayor cuidado y solicitud en llevar a pacer las cabras apenas amanecía y en volver al aprisco tarde. Dos veces al día las llevaba a beber, y siempre buscaba para ellas los mejores pastos. Se procuró barreños y tarros nuevos, muchas colodras y zarzos más capaces. Y llegó a tal punto su esmero, que barnizó con aceite los cuernos de las cabras, y al pelo le sacó lustre. Al ver cabras tan compuestas, las hubiera tomado cualquiera por el propio sagrado rebaño del dios Pan. Compartía Cloe estos afanes con Dafnis y, descuidadas sus ovejas, sólo a las cabras atendía, de suerte que imaginaba Dafnis que, por emplearse en ellas Cloe, se ponían tan hermosas.

Atareados andaban en esto, cuando llegó de la ciudad segundo mensajero con orden de vendimiar cuanto antes. Él debía quedarse allí hasta que las uvas se hicieran mosto, y entonces volver a la ciudad para acompañar al amo, que no vendría hasta el fin del otoño. A este mensajero, que se llamaba Eudromo, porque su oficio era correr, lo trataban todos con la mayor consideración. Entretanto, cogieron las uvas, las acarrearon al lagar y echaron el mosto en las tinajas, no sin dejar en las cepas los racimos más gruesos, a fin de que los que iban a venir disfrutasen algo y tuviesen cierta idea de la vendimia.

Cuando Eudromo preparaba su regreso a la ciudad, Dafnis le hizo cuantos regalitos podían esperarse de un cabrero: le dio quesos bien cuajados, un cabrito recién nacido y una blanca piel de cabra, de pelo largo, para que se abrigase durante el invierno en sus caminatas. Eudromo quedó harto pagado del obsequio y prometió a Dafnis decir de él al amo mil cosas buenas. Se fue, pues, a la ciudad muy amigo de Dafnis. Se quedó este receloso y asustado.

Y no era menor el miedo de Cloe, porque él era un muchachuelo, sólo acostumbrado a ver cabras y riscos, y a tratar con gente rústica y con Cloe, y ahora tenía que ver al señor, de quien ignoraba antes hasta el nombre. Todo se le volvía cavilar sobre cómo se acercaría al señor y le hablaría; y su corazón se azoraba al pensar en que la boda pudiera desvanecerse como un sueño. De aquí que los besos fuesen más frecuentes, y los abrazos más largos y apretados; pero se besaban con timidez y se abrazaban con tristeza y a hurtadillas, como si el amo estuviera allí y pudiera verlos. En medio de estas desazones tuvieron un disgusto más grave.

Un vaquero de aviesa condición, llamado Lampis, había pedido a Dryas la mano de Cloe, y le había hecho muchos regalos a fin de que conviniese en el casamiento. Sabedor Lampis de que Dafnis la tendría por mujer, si no se oponía el amo, buscó trazas de enemistarle con él, y como lo que más le agradaba era el huerto, resolvió afearle y destrozarle. Si se ponía a talar el arbolado, podrían oír el ruido y sorprenderle, y así prefirió arrancar las flores. Guarecido, pues, por la obscuridad de la noche, saltó por cima de la cerca, arrancó unas plantas y quebró otras, y holló y pisoteó las demás, como los cerdos. Después se fugó con cautela y sin que le viesen. No bien vino el día, entró Lamón en el huerto para regar las flores con el agua de la fuente, y al ver aquella desolación, que no la hubiera hecho más cruel un ladrón forajido, se desgarró el sayo y puso el grito en el cielo, con tal furor, que Mirtale, soltando la hacienda que traía entre manos, y Dafnis, abandonando las cabras que llevaba a pacer, acudieron a saber lo que pasaba. Al saberlo, gritaron también y se echaron a llorar.

Y no era maravilla que, temerosos del enojo del señor, hiciesen aquel duelo por las flores. Un extraño, si hubiera pasado por allí, hubiera llorado como ellos. Aquel sitio había perdido su gracia y su adorno. No quedaba sino fango y maleza. Si alguna flor se había salvado de la injuria, resplandecía aún y estaba hermosa, aunque mustia y tronchada. Las abejas revolaban en torno, y sonaba a lamentación su incesante susurro. Lamón decía, lleno de angustia: «Ay de mis rosales, que me los han roto!

¡Ay de mis violetas pisoteadas! ¡Ay de mis jacintos y narcisos, arrancados de raíz por algún mal hombre!

Vendrá la primavera y no renacerán mis flores; vendrá el verano y no desplegarán su pompa y lozanía; vendrá el otoño, y nadie hará con ellas guirnaldas y ramilletes. Y tú, señor Baco, ¿por qué no tuviste piedad de las infelices, entre las que habitabas, a las que veías y con las que te coroné tantas veces? ¿Con qué cara enseñaré ahora el huerto al amo? ¿Qué dirá al verlo? Sin duda mandará ahorcar de un pino a este viejo sin ventura, como ahorcaron a Marsyas. «¿Y quién sabe si no ahorcarán conmigo a Dafnis, creyendo que por descuido suyo hicieron el destrozo las cabras?».

Con tales lamentaciones se acongojaban más y más, y no lloraban por las flores, sino por ellos mismos. Cloe sollozaba y gemía como si Dafnis hubiese de ser ahorcado; pedía al cielo que el señor ya no viniese, y pasaba días amargos imaginando que por lo menos azotarían a su amigo. Aquella noche llegó Eudromo con la noticia de que el señor mayor sólo tardaría ya tres días en venir, y de que su hijo estaría allí al día siguiente.

Se pusieron entonces a discurrir cómo salir de aquel apuro, y pidieron consejo a Eudromo, el cual tenía buena voluntad a Dafnis, y fue de parecer que declarasen primero al señor mozo lo que había pasado, pues él prometía interceder en favor de ellos, ya que dicho señor le quería y estimaba por ser su hermano de leche. Ellos convinieron en hacerlo así.

Al día siguiente, el señor mozo, que se llamaba Astilo, llegó a caballo, en compañía de su parásito Gnatón. Se afeitaba las barbas hacía no pocos años. Astilo era un mancebo barbipollente. Lamón, seguido de Mirtale y de Dafnis, se prosternó a los pies del amo mozo, y le rogó que se compadeciese de un viejo infortunado y le salvase de la ira de su padre, pues él de nada tenía culpa. Luego le contó el caso sin rodeos. Astilo tuvo piedad del suplicante; fue al huerto, vio el estrago causado en las flores y prometió que, para disculpar a Lamón y a Dafnis, supondría que sus caballos se habían desatado del pesebre, pisoteándolo todo, desgajándolo y arrancándolo.

Lamón y Mirtale, consolados con esto, colmaron al joven de bendiciones, y Dafnis, además, le hizo varios presentes: chivos, quesos, racimos con pámpanos aún, nidos de pájaros y manzanas con rama y hojas. Sobresalía entre estos presentes el vino de Lesbos, que huele a flores y es el más grato al paladar de cuantos se beben.

Astilo encareció la bondad de todo, y se fue a cazar liebres, como mancebo rico, que sólo pensaba en divertirse, y que había venido al campo a disfrutar de nuevos placeres. Gnatón, por el contrario, no hallaba placer sino en la comida y en beber hasta emborracharse: era como un sumidero, todo gula, lascivia y pereza. Así fue como no quiso ir a cazar con Astilo, y para entretener el tiempo, bajó hacia la playa donde se encontró a Dafnis guardando su ganado. [Gnatón desea a Dafnis: sigue la adaptación censurada de Juan Valera]. Junto a Dafnis estaba Cloe, hermosa como nunca. La vio Gnatón, y quedó al punto prendado de ella. Pensó que en la ciudad no había visto jamás más linda moza. Dafnis, a quien apenas apuntaba el bozo, y que parecía más niño y más dulce aún de lo que era, no infundió el menor respeto al parásito. Y como la zagala era sencilla y humilde, juzgó fácil empresa deslumbrarla y lograrla.

A este fin, empezó por elogiar sus ovejas; luego la elogió a ella; luego trató de alejar a Dafnis, y no pudo conseguirlo; Y, por último, movido de una pasión que a los cuerdos roba la prudencia, tomó a Cloe entre sus brazos y la besó repetidas veces, aunque ella se resistía. Dafnis acudió a interponerse, y se interpuso entre ambos cuando Gnatón quería renovar los besos, haciendo poca cuenta de quién se le oponía, y creyéndole débil, o tan respetuoso que el respeto le ataría las manos. Por dicha no fue así: Dafnis rechazó a Gnatón con tremendo brío, y como Gnatón, según su costumbre, estaba borracho y poco firme sobre sus piernas, dio consigo en el suelo cuan largo era, donde Dafnis, ciego de cólera, le pateó a su sabor y con alguna saña. Viendo después que el vencido y pateado no bullía, Dafnis tuvo miedo de su proeza y echó a huir, seguido de Cloe, dejando el hato en abandono.

Con la afrenta y el dolor se le disiparon un poco a Gnatón los vapores del vino; calculó que era muy ridículo quejarse y contar lo que había ocurrido, y determinó callárselo; pero, más empeñado que antes en conseguir su propósito, resolvió pedir a Astilo, que nada le negaba, que se llevase a Dafnis a la ciudad, y quedase él luego algún tiempo en aquel campo, donde ya sin estorbo podría lograr a Cloe.

Por lo pronto, sin embargo, no pudo Gnatón hallar momento oportuno de hacer su petición. Dionisófanes y su mujer Clearista acababan de llegar, y todo era ruido y alboroto de caballerías y criados, de hombres y mujeres. Gnatón tuvo tiempo de preparar un elegante y prolijo discurso, en que pintaba a Astilo su amor a fin de conmoverle. Dionisófanes tenía ya entrecanos barba y cabellos; pero era un señor alto y hermoso, y tan robusto, que daría envidia a los mancebos. Era además rico como pocos, y muy digno y respetable. Lo primero que hizo, el día en que llegó, fue sacrificar a los dioses que gobiernan las cosas campestres: a Ceres, a Baco, a Pan y a las Ninfas. Luego dio un banquete a todas las personas que estaban allí. En los días siguientes inspeccionó los trabajos de Lamón. Y habiendo visto en los campos los hondos surcos del arado, la lozanía de pámpanos en las viñas y el huerto tan ameno, pues en lo tocante al estrago de las flores Astilo tomó para sí la culpa, se alegró mucho, alabó a Lamón y le prometió la libertad. Después de esto, fue a ver las cabras y a ver al cabrero que las cuidaba.

Cloe se escondió entre la arboleda, temerosa y avergonzada de aquel gentío. Dafnis quedó solo, y se mostró revestido de una peluda piel de cabra y llevando un zurrón flamante al hombro; en la mano izquierda, quesos recién cuajados y en la derecha, dos cabritillos de leche. Ni Apolo, cuando estuvo de pastor al servicio de Laomedonte, apareció tal como entonces apareció Dafnis, quien, lleno de rubor, sin hablar palabra y con los ojos inclinados al suelo, presentó sus dones. Lamón dijo:

«Este, ¡oh, señor!, es tu cabrero. Me entregaste cincuenta cabras y dos machos, y él las ha aumentado hasta ciento. ¡Mira qué gordas y lucidas están, qué pelo tan largo y espeso, y qué cuernos tan enteros y sanos! Estas cabras, además, han aprendido la música, y al son de la zampoña lo hacen todo».

Clearista, que estaba allí presente, deseó ver aquella habilidad de las cabras y mandó a Dafnis que tañese la zampoña como solía, ofreciendo en premio, si lo hacía bien, regalarle camisas, un sayo y un par de zapatos. Dafnis, al punto, puestos todos en cerco en torno de él, y de pie él bajo la copa del haya, sacó la zampoña del zurrón, y apenas la hizo sonar un poco, las cabras se pararon atentas y levantaron las cabezas. Después tocó el roque del pasto, y las cabras bajaron las cabezas y pacieron. Dio enseguida la zampoña un son blando y suave, y las cabras se echaron. Luego fue agudo el son, y las cabras huyeron al soto como perseguidas por un lobo. Tocó, por último, llamada, y, saliendo del soto, las cabras todas corrieron a echarse a sus pies. Nadie vio jamás siervo alguno que obedeciese más presto a una señal de su amo.

De aquí que todos los circunstantes se quedaran pasmados, y sobre todo Clearista, la cual juró que daría más de lo ofrecido a aquel cabrero tan músico y tan guapo. Después todos se fueron a la quinta y comieron, y enviaron a Dafnis de la comida de los señores. Él la compartió con su zagala, muy complacido de probar los manjares de la ciudad, y con grandes esperanzas de lograr el permiso de los amos para su casamiento.

Gnatón, entretanto, más obstinado aún en su amor, a pesar de la pateadura, y creyendo que su vida sin Cloe [Dafnis] sería amarga y sin objeto, se aprovechó de un instante en que Astilo se paseaba en el huerto a sus solas; le llevó al templo de Baco, y le besó las manos y los pies. Astilo le preguntó por qué hacía tales extremos; le mandó que se explicase y juró darle auxilio en su cuita. «—Ya se perdió y pereció Gnatón, mi amo —dijo Gnatón entonces.»

Yo, que hasta aquí no amaba más que una buena mesa, y nada hallaba más lindo y apetitoso que el vino añejo, y estimaba a tu cocinero más, digo, de adoración y de afecto que a todas las muchachas de Mitilene, solo juzgo ahora digna y amable a la zagala Cloe [Dafnis]. Yo me abstendría de comer todos los delicados manjares que de ordinario se sirven en tu casa, carnes, pescados, bollos y confites de miel, y, convertido en corderito, me alimentaría de la hierba, dejándome guiar por la voz de Cloe [Dafnis] y por su cayado. Salva a tu Gnatón; vence su amor invencible. De lo contrario, lo juro por el dios de mi mayor devoción, agarro un cuchillo, me lleno bien la panza de comida, me mato a la puerta de Cloe [Dafne], y no tendrás a quién llamar, Gnatoncillo, jugando y burlando, como es tu costumbre».

No pudo aquel magnánimo mancebo, que además conocía lo que son penas de amor, ver sin piedad las lágrimas de Gnatón, que de nuevo le besaba los pies. Prometióle, pues, que pediría a Dafnis a su padre y que se lo llevaría a la ciudad como criado, dejando a Cloe sin aquel estorbo, a fin de que Gnatón la tuviese a todo su talante.

Deseoso luego Astilo de embromar a Gnatón, le preguntó, riendo, si no le daba vergüenza amar a una rústica y acostarse con una zagala que por fuerza había de oler pícaramente. Pero Gnatón, que había aprendido en los banquetes de mozos alegres y enamorados cuanto hay que saber y decir en la materia, contestó defendiéndose: «El que ama, señor mío, no repara en nada de eso. No hay en el mundo objeto que no pueda inspirar una pasión, con tal de que en él resplandezca la hermosura. Ha habido amadores de una planta, de un río y de una fiera. ¿Y quién más digno de lástima que el amador a quien infunde miedo el amado? En cuanto a mí, si la que amo es por la suerte de servil condición, por la belleza es y puede ser señora. Sus cabellos son rubios como las espigas granadas; sus ojos brillan bajo las cejas como piedras preciosas en engaste de oro; su cara está teñida de suave rubor, y en su fresca boca se ven dientes como el marfil de blancos. ¿Quién tan insensible al amor, que no anhele besar tal boca? En esto de amar a las pastoras y gente del campo, ¿qué hago yo más que imitar a las deidades?

Vaquero fue Anquises, y Venus le tomó para querido. Pitis, amada de Pan y de Bóreas, y Maya misma, tan amada de Júpiter, ¿eran al cabo más que pastoras? No menospreciemos a Cloe [Dafnis] porque lo es, sino demos gracias a los dioses de que, enamorados de ella [él], no nos la roban y se la llevan al cielo».

Astilo rió y celebró este discurso, diciendo que Amor hacía a los grandes oradores. Luego trató de hallar ocasión en que pedir a su padre que le diera a Dafnis para criado. Eudromo había estado escondido oyendo toda la conversación, y como quería a Dafnis y le tenía por excelente mozo, se afligió mucho de que la gentil zagala viniese a ser ludibrio de aquel borracho, y fue al punto a contárselo todo a Lamón y al mismo Dafnis. Consternado éste, pensó en huir robando a Cloe o en matarla y matarse; pero Lamón, llamando a Mirtale al patio, le dijo: «Estamos perdidos, mujer. Llegó ya la ocasión de revelar lo que teníamos oculto. Queden sin guía las cabras y quedémonos sin apoyo; pero, por Pan y por las Ninfas, aunque yo me trueque en buey atado al pesebre, no me callaré sobre la condición de Dafnis, sino que referiré cómo fue hallado y alimentado, y mostraré las prendas que estaban expuestas junto a él. Es menester que sepa Gnatón quién es el mozo [de cuya novia] quiere burlarse. Tú ten prontas las señales de reconocimiento». Dichas estas palabras, ambos entraron de nuevo en la habitación. Habiendo hallado Astilo propicio a su padre, le pidió que le dejase llevar a Dafnis a Mitilene, asegurando que era un gallardo mancebo, más propio para la ciudad que para el campo, y que pronto aprendería a servir bien y a tener modales urbanos. Accediendo gustoso el padre, llamó a Lamón y a Mirtale, y les dio como buena nueva la de que Dafnis, en vez de estar al servicio de las cabras, iba a entrar en el de su hijo. En cambio del cabrero que les quitaba, les ofreció, por último, dos cabreros.

Entonces Lamón, cuando ya todos los criados habían acudido y se alegraban de tener tan gentil compañero, pidió licencia para hablar, y habló de esta suerte: «Escucha, ¡oh, señor!, la verdad misma de los labios de este viejo. Juro por Pan y por las Ninfas que no te engañaré en nada. Yo no soy el padre de Dafnis, ni tuvo Mirtale la dicha de ser madre suya. Otros padres le expusieron cuando pequeñuelo, por tener ya, sin duda, hijos de sobra. Yo le encontré abandonado y tomando la leche de una cabra, a la cual, cuando murió de muerte natural, di sepultura cerca del huerto, con el amor que se debe a quien hizo tan bien el oficio de madre. Yo encontré, además, con el niño ciertas alhajas, que pueden servir en su día para reconocerle. Confieso, señor, que conservo aún dichas alhajas. Por ellas se verá que Dafnis es de clase superior a la nuestra. No creas, sin embargo, que me duele que Dafnis sea criado de tu hijo: sería un galán servidor para un dueño no menos galán.

Lo que me duele, y lo que no puedo tolerar, es que todo se haga por un liviano antojo de Gnatón y por sus dañados propósitos».

Dicho esto, Lamón se calló y derramó abundantes lágrimas. Gnatón, envalentonado, le amenazó con una paliza; pero Dionisófanes, pasmado de lo que acababa de oír, impuso silencio a Gnatón, arqueando las cejas y mirándole fosco; luego interrogó a Lamón, y le mandó que dijese la verdad, y que no procurase oponerse con embustes a la voluntad de su hijo. Lamón se sostuvo en lo dicho, lo juró por todos los dioses y pidió que le diesen tormento si mentía. Llegó en esto Clearista, y no bien averiguó lo que pasaba: «¿Por qué, dijo, había de mentir Lamón? ¿No le dan dos cabreros en vez de uno? ¿Cómo ha de inventar un rústico tan sutil patraña? Por otra parte, ¿no es increíble que de tan pobre viejo y de tan ruin madre haya nacido tan hermoso muchacho?» Decidieron, pues, no engolfarse en más conjeturas, sino ver y examinar las prendas, por si denunciaban, en efecto, la superior condición que Lamón presumía.

Mirtale fue al punto a sacarlas de un vicio zurrón en que las tenía guardadas. Cuando las trajo, el primero que las vio fue Dionisófanes.

Al mirar la mantilla de púrpura, la hebilla de oro y el puñalito con puño de marfil, dio un grito, exclamando: «¡Oh, señor Júpiter!», y llamó a su mujer para que examinase aquellas prendas. Esta, no bien las hubo mirado, exclamó de la misma manera: «¡Oh, queridas Parcas! ¿No son éstas las prendas que expusimos con nuestro propio hijo cuando le enviamos con la sierva Sofrosina para que le abandonase en el campo? No son otras; son éstas, marido. El muchacho es nuestra sangre. «Hijo tuyo es el que guarda tus cabras».

Mientras ella hablaba así, y Dionisófanes besaba las prendas del reconocimiento, llorando de puro gozo, Astilo se enteró de que Dafnis era su hermano; se desembarazó de la capa y dio a correr por el huerto para ser el primero en abrazarle. Al ver Dafnis que venía en pos de él tanta gente corriendo y llamándole por su nombre, pensó que querían prenderle: tiró al suelo el zurrón y la zampoña, y huyó hacia la mar, resuelto a arrojarse en ella desde lo alto de una roca.

Y de seguro lo hubiera hecho, siendo así, por extraño caso, tan pronto hallado como perdido, si Astilo, recelando su intento, no le gritase otra vez: «Tente, Dafnis, y no temas. Yo soy tu hermano. Son tus padres, los que hace poco eran tus amos. Lamón nos contó lo de la cabra y nos enseñó las prendas. Vuélvete y mira qué alegres y risueños estamos. Bésame a mí primero. ¡Juro por las ninfas que no te engaño!»

Se paró Dafnis al oír este juramento y Astilo le alcanzó y le estrechó en sus brazos. Después acudió multitud de criados y de criadas, y, por último, llegaron el padre y la madre. Todos le abrazaron y le besaron con lágrimas de contento. Él, por su parte, estuvo cariñoso con todos, y en particular con su madre y su padre, a quienes, como si de antiguo los conociese, estrechaba contra su seno, sin hartarse de abrazarlos: tan rápida y poderosa impone Naturaleza su ley. Casi se olvidó Dafnis por un instante de Cloe. Con esto se lo llevaron a la quinta y le dieron, para que se vistiese, un costoso vestido nuevo. Se sentó después con Astilo al lado de su padre, le oyó decir estas razones:

«Yo, hijos míos, me casé muy temprano, y a poco fui padre, según yo pensaba, muy dichoso. Primero tuve un hijo, luego una hija, y Astilo fue el tercero. Estos tres eran los que convenían para mi casa y mi hacienda. Vino este otro después de todos, y tuve que exponerle. No se expusieron, a la verdad, esas prendas como señales para reconocerle más tarde, sino como ornamento de su sepulcro. La fortuna lo dispuso de otra manera. Mi hijo mayor y también mi hija murieron ambos de la misma enfermedad en el mismo día. Tú, Dafnis, por la providencia de los dioses, te has salvado para que yo tenga en la vejez doble apoyo. No me aborrezcas por haberte expuesto. A despecho mío lo hice. Y tú, Astilo, no te aflijas de contar ahora solo con parte cuando contabas con toda la herencia. El mayor bien para un hombre discreto es un buen hermano. Amaos, pues, mis hijos; y en cuanto a los bienes, nada tendréis que envidiar a los príncipes. Ambos poseeréis pingües fincas y siervos ágiles, y oro y plata, y todas aquellas cosas que poseen los ricos y poderosos. Mas desde luego doy a Dafnis este campo, en que se ha criado, con Lamón y Mirtale, y con las cabras de que él mismo ha sido pastor».

Apenas acabó dichas palabras, Dafnis se levantó y dijo: «En buena ocasión me lo traes a la memoria, padre mío. Voy a llevar de beber a las cabras, que aguardan sedientas el son de mi zampoña, mientras que estoy aquí sentado». Todos rieron de que, habiendo llegado a ser señor, quisiese ser cabrero todavía, y enviaron a un nuevo cabrero a que cuidase de las cabras. Sacrificaron después a Júpiter Salvador y dispusieron un banquete. A este banquete, el único que faltó fue Gnatón, el cual, lleno de miedo, se pasó el día y la noche en el templo de Baco, orando y haciendo penitencia. Pronto cundió la fama por todas partes de que Dionisófanes había hallado a su hijo, y de que el cabrerillo Dafnis se había cambiado en señor terrateniente, y de acá y de acullá acudieron los rústicos a felicitar al mozo y a traer presentes a su padre. Entre ellos vino Dryas, el padre adoptivo de Cloe. Dionisófanes los detuvo a todos para que participasen del regocijo y de la fiesta. De antemano se había preparado vino en abundancia, mucho pan, chochas y patos, lechoncillos y gran variedad de tortas y confites de miel. Se mataban, además, no pocas víctimas a los dioses titulares de aquellos sitios. Dafnis, en tanto, reunió todos sus trastos pastoriles para repartirlos como ofrenda entre los dioses. Consagró a Baco el zurrón y el pellico; a Pan, el pífano y la zampoña, y a las ninfas, el cayado y los dornajos y las colodras, que él mismo había hecho; pero la vida de la primera juventud es aún más grata que la riqueza, y Dafnis se apartaba con lágrimas de cada uno de estos objetos. No ofreció las colodras sin ordeñar antes las cabras; ni el pellico sin ponérselo por última vez; ni la zampoña sin tañerla.

Todo lo besó; habló con las cabras y llamó por su nombre a los machos. Bebió por último en la fuente, donde tantas veces había bebido con Cloe; pero no se atrevió a hablar aún de su amor, aguardando ocasión propicia.

Mientras Dafnis andaba en tales sacrificios, Cloe, solitaria y llorosa, estaba sentada viendo pacer su ganado y se lamentaba de esta suerte: «Dafnis me olvida. Sin duda piensa ya en una novia rica. ¿Por qué exigí que jurase, no por las ninfas, sino por las cabras? Las abandona como a mí. Ni al hacer ofrendas a Pan y a las ninfas deseó ver a Cloe. Tal vez halló más bonitas que yo a las criadas de su madre. Adiós, Dafnis, y sé dichoso. Yo no viviré».

Exhalando estaba Cloe estas sentidas quejas, cuando el vaquero Lampis, acompañado de algunos labriegos, vino a robarla, creyendo que Dafnis ya no se casaría con ella, y que Dryas consentiría luego en dársela a él. La cuitada, resistiéndose al rapto, daba lastimeros gritos, y alguien que la oyó fue a decírselo a Napé. Napé se lo dijo a Dryas, y Dryas a Dafnis. Éste, fuera de sí, sin atreverse a decir nada a su padre, y no pudiendo, con todo, tolerar aquella injuria, salió del huerto, diciendo. «¡Mal haya el reconocimiento de mi padre! ¡Cuánto más valiera seguir de pastor! ¡Cuánto más feliz era yo cuando siervo! Entonces veía a Cloe.

Ahora Lampis la roba, se la lleva, y esta noche dormirá a su lado. Y yo como y bebo y me deleito. En vano juré por Pan, por las ninfas y por las cabras».

Gnatón, que estaba oculto en el templo de Baco, oyó estas lamentaciones de Dafnis, y juzgando oportuna la ocasión de ganarse su voluntad y de conseguir que le perdonara, salió de su escondite y dijo a Dafnis que él era allí su amo y que podía disponer de los criados para cualquier empresa. Llamando entonces Dafnis a algunos de los que servían a Astilo, se fue con ellos y con Gnatón a casa de Lampis con tal diligencia y prontitud que le sorprendió cuando acababa de llegar con Cloe, y la sacó por fuerza de entre sus manos, dando de palos a los rústicos que habían concurrido al robo y queriendo llevar cautivo a Lampis, que logró fugarse. Dafnis perdonó a Gnatón, y le concedió su amistad después de tan buen consejo y auxilio; y libertada ya Cloe,

Convino con ella en callar aún lo de la boda, en verse de oculto, y en que Dafnis descubriese sólo su amor a su madre.

Pero Dryas no lo consintió, y halló más conveniente decírselo todo al padre, confiado en que le persuadiría. Al día siguiente, pues, se echó en el zurrón las prendas de reconocimiento, y se fue en busca de Dionisófanes y de Clearista, a quienes halló sentados en el huerto. Astilo y el propio Dafnis estaban también allí. En silencio todos, habló Dryas de esta manera: «Igual necesidad que a Lamón, me manda descubriros un secreto que he guardado hasta ahora. Ni yo he engendrado a la zagala Cloe, ni he sido el primero en sustentarla. Otro fue su padre, y yo la encontré en la gruta de las Ninfas, alimentada por una oveja. Maravillado del hallazgo, tomé conmigo a la niña y la crié en mi casa. Testimonio de la verdad de lo que digo da su propia hermosura, en nada semejante a nosotros. Testimonio dan también estas prendas, más ricas que las que suelen tener los pastores. Vedlas, y buscad a los padres de la doncella, quien tal vez os parezca un día digna consorte de Dafnis».

No sin intención dejó escapar Dryas estas últimas palabras. Dionisófanes no las oyó en balde tampoco, sino que, dirigiendo la mirada hacia Dafnis, y advirtiendo que se ponía pálido y que no acertaba a ocultar el llanto, comprendió que tenía amores con Cloe. Y con la solicitud que hubiera tenido por su propia hija, y no por una extraña, examinó atentamente las razones del viejo. Vio también las prendas, es a saber, las chinelas, la toquilla y las ajorcas, y luego hizo venir a Cloe a su presencia, y la exhortó a que se alegrase, pues ya tenía marido, y pronto hallaría también a su padre y a su madre. Por último, Clearista se llevó consigo a la doncella y la aderezó y compuso como si fuese mujer de su hijo. Dionisófanes, apartándose a un lado con Dafnis, le preguntó en confianza y con sigilo si Cloe conservaba aún la doncellez. Dafnis juró que no había pasado del beso, del abrazo y de las mutuas promesas, con lo cual se holgó el padre, y le dijo que se pusieran a comer con él.

Allí se hubiera podido aprender cuánto el adorno realza la hermosura, porque Cloe, bien vestida, graciosamente peinado y trenzado el cabello, y recién lavada la cara, parecía más bella que nunca, tanto, que el propio Dafnis apenas la reconocía. Jurar podría cualquiera, sin ver otras prendas y señales, que no era Dryas el padre de tan gallarda moza. Dryas, no obstante, estaba en el festín con Napé, y tenían por compañeros en el mismo lecho a Lamón y a Mirtale. Pocos días después se hicieron sacrificios a los dioses y ofrendas por amor de Cloe, y ella les consagró sus baratijas pastoriles: flauta, zurrón, pellico y colodras. Vertió, además, vino en la fuente de la gruta, porque allí encontró amparo; adornó con flores el sepulcro de la oveja, que le mostró Dryas; volvió aún a tocar la flauta para alegrar el ganado, y a las propias Ninfas les dio música, pidiéndoles que parecieran pronto sus padres y que fueran dignos de la alianza con Dafnis. Después que se hartaron de diversiones campesinas, decidieron volver a la ciudad a fin de buscar a los padres de Cloe y no retardar más su boda con Dafnis.

Muy de mañana cargaron el equipaje, y dieron a Dryas tres mil dracmas, y a Lamón la mitad de las mieses y de la vendimia de aquellos campos, las cabras y los cabreros, cuatro yuntas de bueyes, buenos pellicos para el invierno y la libertad de su mujer. Se fueron, por último, a Mitilene con mucho aparato y pompa de carros y de caballos. Como llegaron muy de noche a la ciudad, nadie se enteró de lo ocurrido; pero al día siguiente se reunió a las puertas de Dionisófanes gran multitud de hombres y de mujeres: ellos, para felicitarle por haber hallado a su hijo, sobre todo viéndole tan guapo mozo, y las mujeres, para holgarse con Clearista de que había logrado a la vez hijo y nuera. Cloe las sorprendió a todas por su rara hermosura, que les pareció sin par. En suma, nadie hablaba en la ciudad sino del muchacho y de la zagala, augurando mil venturas de su enlace. Rogaban también a los dioses que Cloe hallase padres dignos de su beldad, y hubo pocas mujeres ricas que de buena gana hubieran pasado por madres de hija tan hermosa.

Entretanto, Dionisófanes, después de mucho cavilar, se quedó profundamente dormido y tuvo un sueño. Creyó ver a las Ninfas pidiendo a Amor que se llevase pronto a cabo la boda prometida. Y Amor, aflojando la cuerda del arco y poniéndosela al hombro junto a la aljaba, ordenó a Dionisófanes que convidase a un gran banquete a todos los sujetos de más fuste de la ciudad, y que, al ir a llenar los últimos vasos, mostrase a los convidados las prendas halladas con Cloe, y mandase cantar el canto de Himeneo. Visto y oído este sueño, Dionisófanes madrugó y dispuso una opípara comida, donde hubiese cuanto se criaba de más delicado y sabroso en tierra y en mar, en ríos y en lagos. Luego convidó a su mesa a todos los señores principales. Ya era de noche, y estaba lleno el vaso con que suele hacerse libación a Mercurio, cuando entró un criado trayendo las prendas en un azafate de plata, y, dando vuelta a la mesa, se las enseñó a todos. Ninguno las reconoció; pero un cierto Megacles, que por su ancianidad estaba reclinado en un extremo, las reconoció apenas las vio, y dijo con voz alta y firme: «¡Cielos!, ¿qué veo ¿Qué ha sido de ti, hija mía? ¿Vives aún? ¿Qué pastor guardó, por dicha, estas prendas? Te ruego, ¡oh Dionisófanes!, que me digas dónde las hallaste. No envidies, pues tienes a Dafnis, que yo también la tenga». Quiso Dionisófanes que, antes de todo, contase Megacles cómo había expuesto a la niña, y éste, con el mismo tono de voz, dijo: «Hace tiempo que me veía yo muy pobre, por haber gastado casi todos mis bienes en juegos públicos y en naves de guerra. Estando en estos apuros, me nació una hija. Se me hizo muy duro criarla en tanta pobreza, y la expuse con esas alhajas, calculando que muchas personas, que no tienen hijos naturales, desean ser padres, adoptando por hijos a los expósitos. La niña lo fue en la gruta de las Ninfas y confiándola yo a su cuidado. Desde entonces mis riquezas han aumentado de día en día, sin tener yo heredero a quien dejarlas, porque no volví a tener otra hija; y como si los dioses quisieran burlarse de mí, se me aparecían en sueño por la noche, ofreciéndome que me haría padre una oveja».

Dionisófanes hizo, al oír tales palabras, mayores exclamaciones aún que las que Megacles había hecho, y dejando el festín, fue a buscar a Cloe y la trajo muy adornada y bizarra. Al entregársela a su padre, le dijo: «Esta es la niña que expusiste. Por disposición de los dioses, te la ha criado una oveja, como una cabra a Dafnis. Tómala con las prendas, y al tomarla, dásela a Dafnis por mujer. Los dos expusimos a nuestros hijos, y los dos los hallamos ahora. Amor, Pan y las Ninfas nos los han salvado». Megacles convino en todo y mandó llamar a su mujer, cuyo nombre era Rodé, teniendo siempre a Cloe entre sus brazos. Megacles y Rodé se quedaron a dormir allí, porque Dafnis había jurado que nadie, ni su propio padre, sacaría a Cloe de la casa.

A la mañana siguiente, Cloe y Dafnis decidieron volverse al campo, porque no podían sufrir la vida de la ciudad y deseaban hacer bodas pastorales. Regresaron, pues, a la quinta donde estaba Lamón, e hicieron que Megacles conociese a Dryas y Rodé a Napé. Todo se preparó allí con esplendidez para la fiesta de la boda.

Megacles consagró a su hija Cloe a las Ninfas, y suspendió como ofrenda en la gruta, además de otros objetos ricos, las prendas de reconocimiento. A Dryas, sobre los tres mil dracmas recibidas, le dio para completar diez mil.

Viendo Dionisófanes que el tiempo era excelente, mandó aderezar lechos de verdes hojas en la gruta, donde se reclinaron los rústicos para gozar de espléndido banquete. Asistieron Lamón y Mirtale, Dryas y Napé, los parientes de Dorcón, Filetas y sus hijos, Cromis y Lycenia. Ni Lampis faltó, después de conseguir que le perdonasen. Y como la fiesta era de rústicos, todo allí fue al uso campesino y labriego. Cantaron unos el cantar de los segadores; otros hicieron las farsas y burlas que suelen hacerse cuando la vendimia; Filetas tocó la zampoña; Lampis tocó el clarinete; Dryas y Lamón bailaron. Dafnis y Cloe no dejaron de besarse. Las cabras mismas pacían allí cerca, como si tomasen parte en la función, lo cual no era muy grato a los de la ciudad. Dafnis las llamaba por sus nombres, les daba verde fronda, las agarraba por los cuernos y las besaba.

Y esto no fue sólo en aquella ocasión, sino también en lo sucesivo, porque Dafnis y Cloe hicieron casi de continuo vida pastoril, adorando a los dioses y profesando especial devoción a Pan, a Amor y a las Ninfas. Aunque llegaron a ser poseedores de mucho ganado lanar y cabrío, nunca hubo manjar que les supiese mejor que leche y fruta. Al primer hijo varón que tuvieron le dieron por nodriza una cabra, y a la criatura segunda, que fue una niña, la hicieron mamar de una oveja. Al varón le pusieron por nombre Filopoemén, y a la niña, Ageles. Así vivieron largos años felices. Y no descuidaron tampoco el adorno de la gruta, sino que erigieron nuevas imágenes de ninfas; levantaron un altar a Amor pastoril; y a Pan, en vez de la copa del pino a cuya sombra estaba, le edificaron un templo bajo la advocación de Pan Batallador.

Todo esto, sin embargo, ocurrió mucho más tarde. Por lo pronto, llegada la noche, cuantos estaban allí llevaron a los novios al tálamo. Unos tocaban flautas, otros tocaban clarines, y otros iban con antorchas.

Cerca ya de la puerta de la cámara nupcial, la comitiva cantó de Himeneo, con voz tan áspera y desacorde, que no parecía que cantaban, sino que arañaban pedruscos con almocafres. Dafnis y Cloe, a pesar de la música, se acostaron juntos desnudos; allí se abrazaron y se besaron, sin pegar los ojos en toda la noche, como lechuzas. Y Dafnis hizo a Cloe lo que le había enseñado Lycenia; y Cloe conoció por primera vez que todo lo hecho antes, entre las matas y en la gruta, no era más que simplicidad o niñería.